LA BÊTE NOIRE

Robert Laffont

LES ONDES

Label dirigé par Camille Racine

L'AUTEUR

Né en 1967, Caryl Férey a grandi en Bretagne. Aujourd'hui installé à Paris, il écrit principalement des romans noirs (*Zulu*, *Mapuche*, *Condor*, *Paz*, *Lëd* et *Okavango*), mais aussi des textes pour la jeunesse, des chansons, des scénarios pour le cinéma et la BD. Jérôme Salle a adapté au cinéma son roman *Zulu* (publié en 2009 dans la Série noire chez Gallimard, lauréat du Grand Prix de Littérature policière et du Prix des lectrice de *Elle*) ; ils ont écrit ensemble le film *Kompromat*.

Caryl Férey

MAGALI

LA BÊTE NOIRE
Robert Laffont

LES ONDES
Label dirigé par Camille Racine

LA BÊTE NOIRE

ISSN : 2431-6385
ISBN : 978-2-221-26928-2

Dépôt légal : août 2024
Éditions Robert Laffont – 92, avenue de France, 75013 Paris
serviceclients@lisez.com

À mon amie Clémentine-Bondissante.

À ma sœur Valky-Rit,
qui m'a donné l'impulsion de ce récit.

0

Jusqu'à ce jour de février 2021, seuls deux événements avaient réussi à couper ma journée d'écriture : le 11-Septembre, et les attentats de *Charlie Hebdo*.

Mon temps s'organise comme celui d'un pépé maniaque, frisant les tocs de Nadal avant de servir : une heure de lecture au réveil pour refaire les niveaux, corvée de mails pour organiser mes rendez-vous et déplacements, puis écriture, déjeuner de 12 h 30 à 12 h 50 en écoutant le journal de France Culture, enfin écriture non-stop jusqu'à 19 heures, moment de l'apéro qui efface tout ou presque. Ma routine. Concentré sur mes histoires, je ne vis d'ordinaire la pause de midi que comme une parenthèse confirmant ce que je suis en train d'écrire (les hommes ne vont pas fort).

Et puis, un jour de février 2021 comme un autre, de nouveau partiellement confiné et sous la neige, j'appris à la radio la disparition inquiétante d'une mère de famille en Ille-et-Vilaine.

La radio publique ne parlant jamais de faits divers, je n'eus pas à tendre l'oreille pour apprendre la localité où avait eu lieu l'événement : Montfort-sur-Meu.

Non ?!

Une mère de quatre enfants, Magali Blandin, avait mystérieusement disparu. Si son nom ne me disait rien, Montfort-sur-Meu est le village d'Ille-et-Vilaine où j'ai grandi. J'en avalai de travers mes pâtes au pesto. La Bretagne où, hormis la complicité des instances politiques et du lobby de l'agroalimentaire pour polluer les nappes phréatiques et tuer des gens à coups d'algues vertes et de pesticides, rien de grave ou presque ne se passe : pourquoi France Culture évoquait-elle cette disparition ?

Dix mille personnes se volatilisent chaque année en France, des fugues pour la plupart, ou des gens qui vont refaire leur vie ailleurs, mais dans une petite ville tranquille comme Montfort-sur-Meu, il y avait un loup – « Ici, quand quelqu'un disparaît, c'est qu'il est aux toilettes », me souffla mon double.

J'étais cependant troublé par cette nouvelle, comme si quelque mystère s'immisçait dans mon quotidien. Je ne me suis jamais beaucoup intéressé aux faits divers, encore moins aux serial killers – ils représentent 0,0000001 % de la population –, mais la proximité avec mon village d'enfance et ce que j'avais pu y vivre me renvoyaient trois vies en arrière, quand je croyais encore à la fraternité des hommes.

De fait, on apprit bientôt qu'il ne s'agissait pas d'une simple disparition, mais que Magali Blandin avait été assassinée par son mari. Un féminicide, un de plus… Un meurtre prémédité qui, malheureusement, n'était pas un banal fait divers, mais plutôt le symbole d'une époque où de nouvelles questions se posent. Sont-elles historiques, (r)évolutionnaires, sociétales ? Pourquoi Magali avait-elle été assassinée ? Parce qu'elle était née femme ? Parce que la vengeance est une bassesse humaine à qui on donne trop d'honneur ?

Ma proximité avec le village breton suffisait-elle à me rendre légitime pour m'emparer de l'affaire, du sujet ?

On est naturellement plus touché par un drame qui se déroule près de chez soi, ou dans un lieu familier. Je ne connaissais pas Magali, mais « j'aurais pu la connaître », comme les gens de Montfort qui l'avaient côtoyée, peut-être avait-elle vécu la même enfance que moi, paisible et loin du sordide, découvrant à l'adolescence le type de femme qu'elle deviendrait, forgeant son tempérament au contact des gens du coin avant de prendre ses ailes, et de tomber sur l'ange noir qui les briserait. L'injustice encore, ce lieu commun qui m'a toujours débecté. Magali ne devait pas devenir un simple nom sur la liste morbide des féminicides, il y avait quelque part une vérité que je devais trouver. Accepter de plonger les mains dans le seau, quitte à soulever des poisons nauséabonds – l'idée de vengeance, la violence chaude et froide, le virilisme, l'idée de pouvoir sur l'autre…

Je ne connaissais pas Magali, certes, mais son quotidien à Montfort avait pu être le mien ; c'était peu et beaucoup à la fois, car l'onde de choc se répandit comme une traînée de poudre dans mon esprit. Je ne savais pas où me mènerait cette histoire, comment elle deviendrait mienne, mais je sais une chose : on meurt réellement quand on est oublié, tant l'absence d'un être cher reste souvent « présente » même après sa disparition physique.

Magali ne mourrait pas une seconde fois.

1

Le lieu du crime

Je viens de Montfort-sur-Meu. Oui, ça en bouche un coin. Je le claironne volontiers dans les salons littéraires ou, mieux, à la télévision quand on m'invite. Les autres auteurs ont d'ordinaire un petit sourire condescendant, tiens, un plouc, et la plupart du temps ne comprennent à peu près rien à ce que je raconte : je me mets à parler « en breton », comme on dit entre nous, du français avalé trois fois dans le chouchen et qui en ressort par onomatopées, presque par miracle et défaut d'articulation. En pays gallo, on voit en gros ce que je veux dire quand je parle – ailleurs, pas toujours.

Un stigmate, en somme. Pour le reste, Montfort-sur-Meu est un lieu unique qu'on retrouve presque partout dans la campagne bretonne, preuve que par chez nous on ne la ramène pas trop, ce qui tombe bien, car il n'y a pas grand-chose à rapporter de Montfort-sur-Meu : du fromage de chez Perette si la boutique existe encore, une visite à l'écomusée, trois baffes à la fête foraine de la Saint-Nicolas, si vous avez la tête à ça. Une petite ville d'à peine trois mille habitants au milieu des années 1970, où il faisait bon grandir, chef-lieu de canton n'aspirant comme nous qu'à grandir.

À l'origine, un plouc est un paysan breton ou, plus familièrement, un gars de nos campagnes. Par extension, un gars de Montfort-sur-Meu. Je dois mes racines locales à Pélican Boiteux, ma grand-mère, qui devait son sobriquet à une chute libre dans l'escalier de sa cave, laquelle lui avait déboîté la hanche, et à son cou devenu mollasson avec l'âge – « Allez le Pélican, je l'encourageais avec mon frère, rends les poissons ! » Elle qui avait des goûts de duchesse avait grandi à cinq kilomètres de là, à Bédée, dans une ferme de terre battue où sa sœur vivait encore avec Gauloise dans le Fossé, son mari arsouille. Un gars joyeux, paraît-il, fumeur de brunes qui écumait les bars du coin dans ses bottes en caoutchouc et sa 2 CV, qu'on retrouvait généralement de travers ou penchée sur le bord des routes. Quand il parvenait à rentrer chez lui, Gauloise dans le Fossé aimait aussi jouer de l'accordéon en cassant les oreilles de Pélican Boiteux. On allait chercher le lait sous les mamelles de leurs vaches, extrait à la main de leurs pis roses, l'étable baignant dans une odeur que mon père trouvait authentique.

Les vaches me faisaient moins rêver que les lions de *Daktari*, je détestais déjà le lait et, au-delà de leur côté salissant, je voyais bien que ces grands herbivores, d'un simple coup de sabot, pouvaient m'envoyer valser jusque chez Mamie Nova. Je n'étais « pas très ferme », mon côté Bowie, allez savoir, à moins qu'un petit chat passe dans la cour et vienne quémander des caresses ; j'avais besoin de douceur, de câlins, d'interminables ronrons comme dans les bras de ma mère, de féminin en somme, ravalant la bouillasse alentour au rang de contretemps un peu longuet.

Né à Caen (aucun souvenir), passé par Avrillé, en périphérie d'Angers, j'ai débarqué à Montfort en juillet 1974, le jour de la finale de la Coupe du monde entre l'Allemagne de l'Ouest et la Hollande. Si mon terrible frère avait déjà le cerveau à damier noir et blanc, je n'y connaissais rien au foot, mais comme il fallait, paraît-il, être pour une équipe, je supportais plutôt les Allemands, rapport aux *Mystères de l'Ouest*, une de mes séries télévisées préférées qui passait les samedis après-midi : agent secret parmi les cow-boys et les Indiens, le héros, James West (pas très grand, comme moi depuis toujours), avait des gadgets telle une lame rétractile dans la botte pour se sortir de situations improbables où son ennemi intime, le docteur Loveless, un nain ricanant, aimait le précipiter. James West avait aussi pour équipier Artemus Gordon, un garçon loufoque qui aimait se travestir pour tromper son monde : *Les Mystères de l'Ouest* me faisaient plus rêver que l'Allemagne de l'Ouest, mais bon, puisque mon frère sportif tenait à son rôle d'aîné et préférait la Hollande, du coup moi aussi, par peur des représailles. À sept ans, on est peu de chose.

La sœur de Pélican Boiteux résidant donc toujours à Bédée, nous revenions sur nos terres matriarcales. On ne parlait pas d'insécurité à l'époque. Le seul accident de vélo de mon histoire eut lieu à l'âge de neuf ans quand, voulant tester la motricité de mon tricycle amélioré, je collai finement le bout de ma tennis dans les rayons de ma roue avant et, à ma plus grande surprise, culbutai *illico* cul par-dessus tête. À neuf ans aussi, on est peu de chose. Pas de prédateurs à traîner dans les rues, sinon quelque bourdon qui vous dégommait le front lors des sprints imaginaires (pour passer le temps du vélo, j'étais Bernard Hinault, *alias* « le Blaireau » en transe dans l'Alpe d'Huez) sur le chemin de l'école ou du sport, notre activité principale. Les enfants et les ados du bourg vaquaient à leurs occupations, autonomes, sans surveillance ni soupçons qu'on pût leur faire du mal. Les filles n'étaient pas encore des femmes, mais elles étaient nos égales, voire davantage – j'étais toujours plus ou moins amoureux de l'une d'elles, de préférence une vieille de douze ou treize ans, inaccessibles étoiles qui tapissaient mon horizon juvénile – et, depuis toujours, les premières de la classe.

Qu'un être malveillant s'en prenne physiquement à l'une d'elles me semblait aussi probable qu'Emma Peel débarquant devant chez moi dans son Aston Martin pour me proposer sa botte de cuir.

Quarante-cinq ans plus tard, j'étais loin de me douter que Montfort-sur-Meu reviendrait sur le devant de ma scène. Le meurtre de Magali avait pris une ampleur nationale, ce type d'assassinat prémédité se multipliait, comme si maris et conjoints perdaient la boule dès que leurs repères s'effaçaient, #MeToo avait commencé à remettre les pendules à l'heure des victimes, la justice et les journalistes avaient découvert les dessous de l'affaire Blandin, devenue symbole.

L'existence et la mort tragique de Magali me cavalaient toujours dans la tête, mais je ne savais qu'en faire, occupé par mon roman africain *Okavango*, alors en cours mais publié depuis, où les braconniers dérouillaient salement : Magali était là, enfouie sous le quotidien, non pas oubliée, mais au purgatoire.

Il fallait la sortir de là – mais comment ?

J'attendais un signe – la vie en est placardée – qui, enfin, vint.

Il y eut d'abord un soir, à la librairie L'Humeur vagabonde dans le 18e arrondissement de Paris, lors d'une dédicace-rencontre avec Clémentine-Bondissante, une amie journaliste-autrice qui publiait un drôle et captivant récit de cour d'assises[1], où je retrouvai Poupée de Sang, son éditrice spécialisée dans les affaires judiciaires.

Le petit monde du polar étant ce qu'il est, nous nous connaissions surtout sur le dance-floor des meilleurs festivals de littérature noire, où Poupée de Sang mouillait le maillot ; un gage de confiance pour un auteur en sueur dans l'univers impitoyable de l'édition, me direz-vous, mais il faut toujours se méfier des éditrices : elles arrivent comme ça avec leur petite gueule et leur sourire de lionne, vous glissent un mot entre deux ronrons qui rugissent, et vous croquent cru en se lissant les moustaches.

— Un meurtre à Montfort-sur-Meu, ton bled d'enfance ?! Tu ne peux pas laisser passer ça !

Poupée de Sang avait senti l'odeur avant moi.

⋆

1. Clémentine Thiebault, *En votre intime conviction*, Robert Laffont, collection La Bête noire/Les Ondes, 2022.

Les faits : le 11 février 2021, Magali Blandin, mère de famille résidant à Montfort-sur-Meu, disparaît. Un mois plus tard, à la suite des aveux de son mari, Jérôme Gaillard, avec qui elle était en instance de séparation, Magali est retrouvée morte dans une zone boisée d'un village voisin. Le 1er novembre de la même année, incarcéré pour le meurtre de son ex-conjointe, le présumé coupable est retrouvé pendu aux barreaux de sa cellule.

Un énorme gâchis à première vue, mais, en creusant un peu, on tombe sur des articles de presse et des témoignages édifiants ; il ne s'agirait pas d'un « simple » féminicide, mais d'une affaire « incroyable », « exceptionnelle », « hors norme », selon le procureur, en raison de la « particulière complexité » du dossier à laquelle ont été confrontés les enquêteurs, la brigade de recherches de Montfort-sur-Meu et la section de recherches de Rennes qui, après cinq semaines de travail acharné, sont parvenus à identifier et incarcérer Jérôme Gaillard, le meurtrier.

Voilà des pistes à explorer, mais comment enquêter, sachant que le coupable présumé n'aura jamais de procès ?

La vie, cette belle fée, se chargea de me donner la réponse. Estimant avec mon cousin Ourson Cruel que les jeunes de notre famille dispersée aux quatre coins de la France se perdaient de vue, nous convînmes d'une cousinade pour resserrer les liens – *a priori* et au diable le sang, nous étions tous amis. Le village de Ver-sur-Mer s'imposa, nous y passions nos grandes vacances dans la maison des grands-parents du Calvados, et Ourson Cruel avait gardé là-bas celle de sa mère, morte trop jeune.

Là, entre vodkas et langoustines, je retrouvai ma demi-sœur, Valky Rit. Fine plume de la presse régionale trop souvent consignée aux comptes rendus de matchs interdépartementaux, drôle déjà petite et pleine d'imagination, Valky Rit venait de trouver un job de journaliste à *Ouest-France*, premier quotidien national, pardon pardon. Chacun racontant sa vie pour combler le temps passé sans se voir, je finis par évoquer l'affaire Blandin, mon village d'enfance et mon manque de matière pour me lancer dans l'aventure. Valky Rit survolait déjà le champ de bataille ; à l'entendre, elle et ses collègues de la rédaction avaient suivi l'affaire de Montfort-sur-Meu de bout en bout, avec une curiosité de limiers si j'hésitais encore. Valky Rit se faisait fort de m'aider dans mon enquête, et plutôt deux fois qu'une. La mort de Magali Blandin devenue en son temps feuilleton national, les faits diversiers de *Ouest-France* dorénavant de la partie, je n'eus pas besoin de faire boire ma quasi-sœur pour imaginer mon retour sur les lieux du crime.

Poupée de Sang en avait déjà le rouge à la bouche.

2

L'origine du mal

Mes parents m'ont donné le prénom de Caryl Chessman, un tueur (et auteur !) condamné à la chaise électrique en 1960. Merci les gars.

À trois ans, j'avais pourtant des bouclettes blondes, une coupe inoffensive à la Dave dès la primaire, à l'école des filles de Montfort-sur-Meu. La mairie avait gardé le nom sur la façade, comme si les garçons n'étaient qu'invités à jouer à l'élastique, une tâche que j'accomplissais avec une joie feinte pendant les récréations : il importait moins d'apprendre à sauter à pieds joints sur un élastique que d'éviter la compétition tous azimuts des garçons dans la cour. Perdre une bille, même en terre et à moitié éborgnée, me faisait mal au cœur, on n'avait pas d'argent à la maison, sans compter que les gars pouvaient t'apprendre les règles une fois que tu avais perdu.

Enfin, à Montfort-sur-Meu, les gens étaient globalement gentils, très loin du tueur californien dont j'avais hérité le prénom.

La seule période de l'année que je craignais était le mois de la Saint-Nicolas, quand la fameuse fête foraine s'installait sur la place de l'église avant Noël. J'y allais, comme tout le monde, espérant gagner un pistolet à fléchettes en plastique dans une tirette, à moitié terrorisé par la violence qui se dégageait de la soi-disant fête : autour des autotamponneuses grésillantes, les regards adolescents étaient au défi, du genre qui veut un poing dans la face. La violence me faisait peur. J'en découvris ses ersatz au collège, quand les garçons s'envoyaient des coups dans les testicules pour bien vérifier que ça faisait mal. Les récits des jeunes adultes à la sortie du Tremplin, la boîte de nuit du canton où l'on se cassait la gueule pour rien, ne m'encourageaient pas à sortir de mon monde. La vie serait une fête, mais pas foraine.

J'étais naïf.

À l'école, je me contentais du ventre mou du championnat scolaire, attendant mon heure, cependant confiant avant les résultats du dernier conseil de classe de quatrième. On devinait d'avance qui redoublerait, les derniers de la classe fatalement, puis mon nom retentit parmi les brebis recalées. On me reprochait moins mes notes que mon comportement désinvolte, et puis je pouvais faire mieux, redoubler me ferait réfléchir, voire du bien, ha ha !

Ma mère obtint gain de cause lors de l'appel de cette décision arbitraire, mais c'était trop tard : en fait de me donner une bonne leçon, le corps enseignant m'avait filé la rage. Réveillée, la Bête qui donnait envie de tuer face à l'injustice. C'en était fini de mes brillantes études, « la société » était l'ennemie, qui me ferait payer ce que j'étais.

À quatorze ans, on est toujours peu de chose.

Le rock heureusement passa par là pour édicter les règles de conduite, toujours d'actualité : éthique radicale (Clash), curiosité et classe en toutes circonstances (Bowie), prière de « bien traiter sa petite amie si on veut être un amant du rock » (Clash toujours), envie d'en découdre avec les années 1980, l'attraction du fric et le retour de l'extrême droite (Bérurier noir). Le Perfecto en guise d'armure dans les rues de Montfort, on passait moins pour des loubards que pour des jeunes en quête d'identité – rock rebelle ou rien, pigé ? Mais le mal était là. Une rage terrible, qu'il fallut dès lors retourner pour en extraire la lumière.

Hasard ou coïncidence, j'ai découvert les livres de Caryl Chessman à cette époque : Caryl avait grandi non pas dans une paisible campagne au milieu des vaches, mais dans la région de Los Angeles, à une époque où qui vole un œuf vole un bœuf. Le jeune Chessman s'était vite retrouvé en maison de redressement, ces camps pour délinquants où il avait tout appris.

Devenu majeur, voleur et braqueur, Caryl Chessman fut de nouveau arrêté et envoyé chez les fauves de San Quentin, la prison-usine californienne, où il avait pu finir sa formation de malfrat professionnel. Sorti de prison, Chessman devint le « Bandit à la lumière rouge » – il abordait ses victimes dans des endroits isolés en faisant clignoter la lumière rouge de sa Ford, le gyrophare ressemblant à celui utilisé par la police. Menaçant les victimes de son calibre.45, le braqueur les volait et entraînait les jeunes femmes dans sa voiture pour les violer. Accusé de plusieurs affaires de vol, de viol et d'enlèvements, Caryl Chessman fut arrêté en 1948, jugé et enfin condamné à mort.

Le début d'un combat qui dura douze ans. En prison, il écrit trois récits édifiants (*Cellule 2455. Couloir de la mort*, en 1954 ; *À travers les barreaux*, en 1955 ; *Face à la justice*, en 1957) et un roman, *Fils de la haine*, en 1960, l'année de son exécution. Chessman n'y clame pas son innocence, mais l'hypocrisie d'une société qui, plutôt que de chercher à soigner ou modifier la trajectoire des jeunes délinquants, eux-mêmes souvent victimes de violences lorsqu'ils étaient enfants, s'empresse de les juger et de les châtier durement, les enfonçant un peu plus dans la fange où le destin les avait mis. Les cercles de l'enfer, selon Dante.

Le discours de Caryl Chessman n'était pas fréquent dans les frigides années 1950. D'autant que le condamné réfutait les aveux signés de sa main, accusant les policiers de les lui avoir extorqués par la violence. Comme dans l'affaire Roman en France dans les années 1980, où le marginal avait avoué le meurtre d'une fillette sauvagement violée par son complice Didier Gentil, l'opinion publique ne *veut* pas croire que des aveux signés puissent être faux – qui plus est pour un crime aussi révoltant que le massacre d'une enfant de sept ans. Douter d'un aveu aussi barbare, c'est déjà « défendre un salopard ». Or il a fallu des années de procédure inflammable et un procès retentissant pour que le tueur véritable innocente Roman – et lui demande, trop tard, pardon.

Les professionnels de la justice savent qu'un aveu n'est pas toujours fiable, que des suspects craquent, quitte à mentir, pour en finir avec une pression psychologique pour certains intenable : un fait impossible à croire pour une victime collatérale du délit, comme au comptoir d'un bistrot. Aveu égale vérité.

Le cas de Chessman est le sujet central du roman *Au-delà du mal*, où William Linhart, un détective privé, a tenté de prouver que Terranova, le complice de Chessman lors de cambriolages, était le vrai auteur des viols. Les livres de Chessman avaient réveillé les consciences, jusqu'à devenir un symbole de la lutte contre la peine de mort. Son exécution, après des années de polémique, avait électrisé les jeunes de l'époque, dont mon futur père, qui avait suivi sa mise à mort à la radio comme un feuilleton macabre. Le prénom de Caryl était donc une sorte d'hommage.

Un tueur. Merci.

Je ne crois pas que les choses soient écrites. Numérologie, astrologie, voyance, religion et sciences occultes, passez votre chemin : ça ne veut pas dire qu'il n'y a « rien ». Enfants du chaos originel, nous sommes mêlés à des forces qui nous dépassent – le simple fait d'admirer des étoiles mortes depuis des millions d'années laisse rêveur. Dès lors, comment réfuter la prédestination du prénom d'un tueur comme Caryl Chessman à mon devenir d'auteur de polars souvent violents ? Le conseil de classe de quatrième et ma différence mal vécue par les autres ont bon dos. J'ai toujours aimé raconter des histoires, comme si la réalité ne suffisait pas et qu'il fallait la rhabiller pour l'hiver. Quant à la violence, c'est en grandissant que je l'ai découverte, dans les livres ou les journaux, celle des hommes qui brise le cœur. Elle ne me fascine pas, elle me débecte.

Les pires horreurs n'ont pas besoin d'être inventées, mais, comme la mort, il s'agit de ne pas les oublier. Et puisque nous sommes des mammifères empathiques au même titre que les cétacés, on peut s'identifier aux victimes.

À Magali Blandin.

Comment lui rendre son humanité, sa dignité ? Comment redonner vie à une inconnue ? S'inventer fait diversier pour débusquer la vérité sur ce féminicide ? Même mon correcteur d'orthographe souligne l'occurrence, comme si j'avais commis une faute. Est-ce la langue française qui est en retard d'un train ou les types de la Silicon Valley ? Les féminicides ne datent pas d'hier, puisque dans la seule année 1999, des milliers de femmes mexicaines ont été enlevées et exécutées à Ciudad Juárez sans qu'on juge jamais les coupables. Et on pourrait aisément remonter plus loin…

Ce type de violence n'est pourtant pas inscrite dans notre généalogie commune, puisque nous semblions bel et bien vivre sans heurts avant que nous ne perdions notre liberté. Les hommes d'avant avaient trop besoin des femmes pour leur travail, leur descendance, gage de leur avenir, et ils avaient surtout le plaisir de se côtoyer. Nos ancêtres *sapiens* réfléchissaient-ils mieux que nous ? En France, la Renaissance n'a pas été celle des femmes, considérées comme des objets de marchandage pécuniaire ou sexuel.

Il a fallu attendre la Commune de Paris ou la guerre d'Espagne pour voir les femmes traitées à égalité, participant aux événements au même titre que les hommes. Est-ce un hasard si l'esprit libertaire est si souvent réprimé ? Des êtres libres et réellement égaux ne semblent pas rentrer dans les plans de nos dirigeants mâles : comment le seraient-ils dans l'esprit d'un citoyen ?

Il y a un livre passionnant et instructif sur le sujet, *Le Mythe de la virilité*, une enquête philosophique et historique d'Olivia Gazalé, retraçant les conditions masculine et féminine de la préhistoire à aujourd'hui ; on y apprend que la sédentarisation et la notion de propriété ont ruiné l'égalité des sexes au détriment des femmes, mais aussi de beaucoup d'hommes qui, n'ayant jamais eu leur place dans ce rapport de force, ont été tout aussi opprimés que les femmes par la domination des chefs de guerre, religieux ou de famille ; les homosexuels, les enfants, les doux, les pacifiques, les rêveurs, les sensibles, les anticonformistes, les gens que, sous la contrainte, on enrôlait comme soldats, tous ceux qui ne se reconnaissaient pas dans le culte du virilisme.

Je ne savais encore rien du mari de Magali, mais il était clair que le tueur s'inscrivait dans la catégorie des mâles soi-disant dominants, ou qui prenaient ce fait pour argent comptant. La guerre des sexes, ou quand hérésie et bêtise se conjuguent.

Un autre livre pourrait régler la problématique des rapports garçons-filles d'aujourd'hui, *Jouissance Club. Une cartographie du plaisir*, de Jüne Plã. Toutes les formes de rapports amoureux y sont traités avec une joie communicative, entre tous types de personnes égales et consentantes ; le respect qui s'en dégage est si naturel qu'une étude obligatoire de *Jouissance Club* à l'école à quatorze ou quinze ans inculquerait des valeurs claires de respect et d'amour. Et si un gars n'a pas bien compris *Jouissance Club*, il recommence.

C'est trop ?

L'égalité face à l'amour, trop radical ?

Tant que des religieux ou des vieux décideront pour les jeunes, les femmes et leurs filles resteront des cibles.

Magali Blandin avait quarante-deux ans. Éducatrice spécialisée, elle vivait à Montfort, mais elle travaillait à Rennes. Quelle femme était-elle ? Quels étaient ses rêves, ses désirs ? Et quel mal a pu emplir la cervelle de l'homme qu'elle avait aimé, au point de la tuer ?

3

La disparition

La disparition de Magali est signalée le jeudi 12 février 2021 par une collègue de travail, elle-même avertie par l'établissement scolaire, étonné que la mère de famille ne soit pas venue récupérer ses enfants à la sortie de l'école.

Un appel à témoins est lancé trois jours plus tard : Magali Blandin, un mètre cinquante, de corpulence athlétique, les cheveux mi-longs, châtain clair. Au moment de sa disparition, elle portait un manteau trois quarts de couleur noire et des bottines marron.

On ne sait pas grand-chose de Magali.

En septembre 2020, quelques mois avant sa disparition, elle a quitté le domicile familial de Montauban-de-Bretagne, où elle résidait avec Jérôme et leurs quatre enfants, pour s'installer à Montfort-sur-Meu, à quelques kilomètres de là.

Une décision comme un nouveau tournant après vingt-trois ans de vie commune : peu de temps avant son installation, Magali a fait appel à la mairie pour l'aider à se procurer un appartement suite à sa demande de divorce.

« Elle était venue trouver refuge chez nous : la ville s'était engagée à faire des recherches pour son hébergement, confirme le maire de Montfort à *Ouest-France*. Nous n'avons pas trouvé de logement d'urgence ou social, nous avons donc fait l'intermédiaire avec un bailleur privé. »

Heureuse de pouvoir commencer sa nouvelle vie, Magali a tenu à remercier l'agente qui a suivi son dossier en lui offrant une plante. Un geste attentionné, dont on se souviendra. En attendant, dès le vendredi, des moyens sont déployés par les gendarmes et le parquet pour la retrouver. La commune de 6 550 habitants est mise sous les feux des projecteurs, le maire tenant à saluer « la forte mobilisation des citoyens ». Plusieurs battues sont en effet organisées pour ratisser les bois, les berges et les cours d'eau. Des centaines de personnes sont concernées. Sa disparition inquiète les habitants. Très vite, ils s'identifient à Magali et rejoignent les rangs de la police pour les recherches.

« Je n'ai pas pu y aller, mais avec mon mari nous faisons beaucoup de randonnées et à chaque fois on pensait à elle, on regardait si on ne trouvait pas quelque chose, lance Denise à la presse locale. Cette histoire me glace le sang. Je me suis réveillée cette nuit en pensant à elle. »

Parmi les voisins de Magali, certains ont participé aux battues.

« C'était la moindre des choses, assure une retraitée, qui ne faisait que croiser son chemin. – La victime n'était guère connue à Montfort-sur-Meu. – Malheureusement, elle n'a pas eu le temps de se créer un entourage proche », indique le maire. D'après les témoignages, elle était « gentille et discrète ».

Son mari, Jérôme Gaillard, quarante-cinq ans, est sans emploi. La famille habitait, jusqu'au 3 septembre précédent, dans le corps de ferme d'un lieu-dit isolé près de Montauban-de-Bretagne, qui a appartenu aux parents de Jérôme, agriculteurs aujourd'hui à la retraite. Après une procédure de divorce très conflictuelle – avec des tensions liées notamment à la gestion des ressources du ménage –, Magali Blandin a décidé d'aller vivre à Montfort-sur-Meu. Jérôme rénovait les bâtiments de la ferme, transformant les hangars attenants en garage où travaillaient des Géorgiens, lorsque sa femme disparaît.

Jamais écartée, la piste du féminicide est concurrencée par celle d'un possible suicide.

Magali craignait-elle pour sa vie ? On apprend par la presse qu'en 2020 la quadragénaire avait quitté Jérôme Gaillard, après avoir déposé une quatrième plainte pour violences conjugales. Un classement sans suite avait été décidé par le juge, après que son compagnon avait, lui aussi, dénoncé des actes de violence de la part de sa femme.

Chronique d'une mort annoncée ?

Selon sa famille, Magali Blandin était « une femme joyeuse, sympathique, extraordinairement ordinaire ».

Quelque temps avant son déménagement, le 2 septembre au soir, lors d'une dispute, « Jérôme soulève le banc sur lequel elle est assise, la faisant tomber sur les fesses, en arrière », indique le procureur de la République de Rennes. Le magistrat, qui a décidé du classement sans suite, considérait que « l'intensité de ce fait-là ne justifiait pas un renvoi devant le tribunal correctionnel. [...] Le choix qui a été fait a été plutôt de mettre en place un accompagnement social ». Une décision qu'il « assume ».

Or, pour l'avocat de la famille Blandin, des violences, il y en a eu « à bien des égards, sur bien des aspects ». À ses parents, Magali avait fait part « récemment » d'une situation devenue insupportable, liée à de fortes tensions dans le couple. Mais « le sujet des violences conjugales est trop grave pour qu'on l'illustre mal. Jérôme Gaillard n'est pas un homme violent qui, pour la énième fois, porte des coups. C'est un homme froid qui a longuement et méticuleusement organisé le meurtre de sa femme », assure le défenseur de la famille.

Entre les deux visions, où se situait la vérité ?

*

Avant de partir enquêter, j'invitai Valky Rit gueuletonner à la maison pour parler de l'affaire. Ma sœurette n'est pas fait diversière à proprement parler, néanmoins elle côtoie l'équipe de *Ouest-France* qui s'y colle et elle aussi a suivi l'enquête de près.

Mais d'abord, en quoi consiste au juste le métier de fait diversier ?

— Aux faits div', me dit-elle, on commence par appeler les pompiers, qui en général nous parlent plus facilement que les flics, mais pas du judiciaire ; en général, les pompiers ne sont pas impliqués dans les disparitions, c'est plutôt les gendarmes. On fait la tournée du Sdis tous les matins et tous les soirs, pour savoir ce qui s'est passé dans la nuit ou dans la journée.

— Le Sdis ?

— Le Service départemental d'incendie et de secours, qui est centralisé. Pompiers, flics, gendarmes, Samu : c'est eux qui distillent les infos, les drames, les accidents, les délits. Selon les infos, on sélectionne ce qui mérite d'être relaté. Quand les flics ne te donnent rien, aucune info, tu vas voir les gendarmes ; il faut toujours avoir un bon contact avec eux.

— Ils vous parlent facilement ?

— Quand tu es un grand média national, le plus souvent on te répond. *Ouest-France* à Rennes, par exemple, ça va, m'explique Valky Rit, mais quand tu es à l'antenne d'Alençon comme moi aujourd'hui, je me renseigne auprès des pompiers. Mais pour la police, il faut que j'aie l'info avant pour avoir une chance de les faire parler. Si je sais qu'il s'est passé quelque chose, je peux leur tirer les vers du nez. C'est de la part des procureurs qu'on a le plus d'infos. Ça dépend aussi des gens : un commandant de gendarmerie peut ne rien vouloir dire à personne.

— Le rascal.

— Les commissariats, je peux leur dire : « Il y a eu des coups de couteau, vous êtes intervenus à telle heure, à tel endroit », je leur donne l'adresse parce qu'un pompier me l'a donnée, et ils me renvoient dans les cordes : « Je ne suis pas habilité à vous répondre, rappelez. » Même chose quand tu rappelles, si bien que tu ne peux pas confirmer les faits. Celui qui s'occupe du Web le week-end fait la tournée assez tôt, à Rennes, c'est assez concurrentiel, même *Le Télégramme*, s'il y a un truc à Rennes, ils vont essayer de l'avoir ; ils ont des correspondants, même à Redon – quand ton chef te dit : « J'ai lu ça dans *Le Télégramme* », ça la fout mal. Bref, ils sont toujours hyper forts à Brest, c'est un peu les Gaulois de la PQR bretonne.

— La presse quotidienne régionale.

— C'est ça, confirme Valky Rit sur le sentier de la guerre. Parfois, des gens t'appellent à *Ouest-France* pour que tu racontes leur histoire, mais, en fait, c'est eux qui veulent te la raconter. Alors tu écoutes. Une fois, il y a un mec, je ne sais pas pourquoi ça tombe sur mon poste – la standardiste ne répond pas, du coup ça tombe sur nous –, enfin le type me dit : « Ouais, ça va pas fort, j'habite à saindvgcdhlj... » Je ne comprends pas le nom du bled, c'était dans la Sarthe, d'après le type, donc pas pour moi. Enfin, le gars me dit que son fils est mort en prison d'un arrêt cardiaque. Comme tout le monde meurt d'un arrêt cardiaque, je lui pose des questions. Son fils était au Mans, une prison où il n'y a pas de grosses peines, un gosse intelligent d'après son père, qui d'ailleurs parlait bien – parfois, des mecs nous appellent pour nous insulter, là, non, le père est courtois –, je l'écoute, puis il me dit qu'il ne m'appelle pas pour ça, mais pour m'expliquer les degrés du deuil qu'il subissait : « 80 % du temps, je suis HS, les autres 20 %, ça va ; donc hier, alors que j'allais bien, je suis allé vider toutes les merdes qui s'entassaient dans le jardin de mon voisin, je les ai jetées dans la rue, mais comme je suis un bon citoyen, j'ai mis des triangles devant les merdes pour que les voitures ne foncent pas dedans. » Et là, je commence à ne plus trop comprendre ce qu'il me raconte : il se met à me parler de l'habitat du rat, il en restait plein dans le jardin de son voisin, où ils ont élu domicile, l'habitat du rat n'allait pas du tout à sa période de deuil, tout ça pour me dire : « J'aimerais que nous veniez à 15 heures parce que je vais faire une dinguerie. Je vais venir avec ma pelle, ou une pelleteuse, vous allez voir ! »

— Diantre.

— Tu m'étonnes. Je finis par trouver le bled, Saint-Victeur, à quarante minutes du Mans ; le gars habite 11, rue de l'Église, je vais sur Google Street, je déniche son pavillon et en face, chez le voisin, un drapeau confédéré… Les gens ont l'air bizarres dans le coin. J'appelle l'antenne de *Ouest-France* au Mans pour leur relater l'appel, je ne sais pas ce que le forcené du rat veut faire, et j'apprends que le fils est bien mort en prison, condamné à huit mois d'emprisonnement pour avoir mordu un flic dans le cou.

— Le vampire de la Sarthe.

— Pas de chance, il est mort quinze jours avant de sortir. Je finis par prévenir les gendarmes, et tombe sur une fliquette, qui prend l'affaire au sérieux : ils sont déjà intervenus pour les poubelles du voisin… Bref, le plus souvent, on est loin du scoop.

— Magali, c'est différent.

— Oui, ce jour-là, je crois que tout le monde était en télétravail. Le secrétaire de rédaction web gérait le SR (service régional), j'étais au service de relecture à Rennes quand mon collègue me dit : « Il y a une nana qui a disparu. » On en discute vite fait et on oublie assez rapidement cette histoire parce qu'il neige et qu'on se colle un direct météo sur le site. On *up-date* toutes les cinq minutes, une photo de Redon sous la neige, une autre à Bruz, mais ça commence à nous intriguer, cette disparition : pourquoi cette femme serait partie seule sous la neige ? Sa voiture a disparu aussi, je crois, c'est chelou, les infos arrivent au compte-gouttes, mais il y a une petite frustration, parce que tu n'es pas sur le terrain, et qu'en plus je ne faisais pas les pages de Rennes ce jour-là, mais celles de Redon. Tu as parfois la chance de lire les papiers des journalistes professionnels, mais 80 % du temps, le journal est fait par des correspondants de presse, dont des retraités, des gens qui font ça pour mettre un peu de beurre dans les épinards. Les pages les moins littéraires sont celles de *Rennes Métropole*, c'est une édition Rennes Nord, Sud, Est, etc. Donc, ce jour-là, je me tape les pages de Montfort et manque de pot, alors qu'une femme a disparu, j'apprends que ce papier va aller en région.

— Le cran au-dessus.

— C'est ça. En plus, on est très cloisonnés ; j'étais à un étage où on monte les pages, avec en dessous les journalistes et les rédacteurs. À un moment, je descends chercher un truc et je surprends une conversation entre Mitraillette Passionnée et Drôle à Cuire, du pôle fait divers du Pré-Botté. Et je les entends échanger des suppositions : « La fille n'a pas disparu, elle est morte » ; l'autre dit : « Non, elle s'est barrée. » C'est un gros truc, comme on dit, parce qu'on a déjà parlé de la joggeuse, Alexia Daval, la troisième affaire de féminicide en seulement quelques mois. Alexia et Jonathan Daval, le type qui se dit d'abord victime de la disparition de sa femme, qui verse des larmes de crocodile devant les caméras et ses beaux-parents, n'hésitant pas à accuser publiquement son beau-frère de l'assassinat d'Alexia autour d'un obscur complot familial, avant de reconnaître être l'auteur du meurtre. Et puis l'affaire Jubillar, l'infirmière très sociable dont le corps n'a jamais été retrouvé. Un dossier beaucoup plus médiagénique : le mec était couvreur, il n'avait pas fini sa maison, on voyait encore les briques, le jardin, c'est un bordel pas possible, il y avait un peu l'imaginaire Dupont de Ligonnès, lui aussi, son jardin, c'était le bazar. Il avait même creusé une tombe en disant : « Ne touchez pas, c'est encore tout frais. » Il avait enterré sa famille sous une pergola sympa pour prendre l'apéro, avec un petit pendentif comme un dernier cadeau pour les enfants, un gars bien pourri... Bref, avec l'accumulation des affaires de féminicides, Magali devient notre fait div'.

— Il y avait aussi le confinement partiel. En février 2021, les réunions publiques étaient interdites, on devait se déplacer avec des attestations et il y avait le couvre-feu.

— Et la neige, renchérit Valky Rit. On ne se balade pas longtemps sous la neige, et les lacs glacés de Bretagne, enfin je suis pas sûre, mais on ne va pas faire du patin sur le Meu.

— Le Garun, qui se jette dedans, est encore plus petit. Je ne sais même pas s'il reste de l'eau.

— En tout cas, je remarque que tout le monde commence à rentrer dans l'histoire de Magali. Je vais voir l'équipe des faits div' : « Alors, vous avez des trucs ? », mais il ne se passe plus rien pendant un mois. Du moins, c'est ce qu'on veut nous faire croire. Le reste, Mitraillette Passionnée et Drôle à Cuire te le raconteront mieux que moi : ils ont suivi l'affaire dès le premier jour.

— Les fait diversiers de Rennes ?

— Des potes.

Valky Rit me mettait sur la piste.

⋆

Ayant quitté Montfort-sur-Meu à la fin des années 1980, j'y retournais ponctuellement pour voir ma mère, avant que celle-ci ne migre à Rennes au début des années 2000. Après quoi, je ne fis que passer – une signature à la librairie La Petite Marchande de prose, une rencontre scolaire, ou un détour sur le chemin des vacances bretonnes, pour « montrer mon bled » à mon équipière. La dernière fois que je suis venu à Montfort, je reconnus si peu mon village d'enfance que je ne retrouvai même pas la maison où j'habitais.

Chaque auteur a sa méthode de travail. Mes romans se déroulant généralement à l'étranger, je me débrouille pour me rendre une première fois sur place pour repérage, puis, plus tard, une seconde fois, quand l'histoire est à peu près construite – un séjour plus long où je tâche de rencontrer les protagonistes du roman en cours. Durant ces deux ou trois années d'écriture, j'essaie de tout savoir de l'histoire du pays, sa sociologie, ses mœurs. À l'inverse de Jules Verne, qui n'avait pas les moyens de descendre à vingt mille lieues sous les mers, mon goût des voyages m'a toujours poussé au plus près de ceux qui composent la géométrie politique et affective du territoire, un moment où je m'emploie à partager mes découvertes et mes étonnements, de préférence dans la peau de mes héros.

Mais Montfort-sur-Meu ? C'était pour moi synonyme de passé, de l'enfance jusqu'à la post-adolescence, pas un tremplin pour l'aventure…

Par curiosité, je cherchai la route de l'abbaye sur Google View, mais rien ne collait : les talus semblaient avoir été ratiboisés par l'informatique, l'abbaye était toujours bien là, mais la route où j'habitais n'avait semble-t-il plus rien à voir, les herbes folles qu'on frôlait à mobylette dans les virages les plus tordus étaient devenues des panneaux, les champs des maisons, l'horizon des cubes de béton…

Un avant-goût de ce qui m'attendait ?

4

Home, sweet home

— Bon trip ! me souhaita mon équipière parisienne alors que j'empoignais mon sac de voyage.

J'avais prévu un premier séjour avec un programme préétabli, histoire de ne pas me retrouver errant seul le soir dans les rues malfamées de Montfort-sur-Meu. TGV, nouvelle gare de Rennes façon aéroport, puis bises à maman avant de squatter sa voiture, une Honda Civic datant de la fin du siècle dernier, une sorte de kart qu'on pilote quasi allongé.

Hormis la Lotus décapotable d'Emma Peel et quelques spécimens idoines des années 1960 (les meilleures en design), le monde de la voiture me procure la joie d'un hérisson sur le bord de la route. Sachez tout de même que la Honda Civic, d'après un éminent chercheur anti-consommation américain dont j'ai oublié le nom, mais dont j'ai lu le résultat des tests dans un livre sérieux, la Honda Civic des années 1990-2000 est la meilleure bagnole au monde : pas d'obsolescence programmée, un moteur-horloge consommant peu, une boîte de vitesses nerveuse qui vous donne l'impression de slalomer entre des obstacles, mais suffisamment solide pour encaisser accélérations et rétrogradages comme des coups de lasso à la Nadal, des pneus qui ne vous pètent pas à la gueule, pas d'électronique, de numérique relié à des capteurs, juste des boutons à actionner pour les vitres, une carrosserie d'étalon sauvage n'ayant pas peur de braver les intempéries, pas de panne générale quand les circuits sautent, tout est en dérivation, manuel. Pour un peu, on la prendrait pour la boulangère du coin, une vague connaissance à qui l'on veut du bien, increvable.

Depuis vingt ans que je l'emprunte, tous les amis que je croise lors de mes périples bretons me disent : « Ha ! Tu as toujours la voiture de ta mère ?! » Il faut dire que ma mère n'habitant plus Montfort depuis le début des années 2000, l'habitacle de cosmonaute replié pour s'introduire dans la capsule martyrisant son vieux dos douloureux, ses trajets se réduisent à conduire son petit-fils au stade. Je viens en somme débourrer la vieille pouliche, la faire rouler pour qu'elle se souvienne qu'elle est une voiture, lui offrant des promenades parmi les plus belles côtes du monde, en confiance : une seule panne (la batterie : même moi, je peux la changer) à déplorer en vingt-cinq ans de fonctionnement. Sachant qu'elle n'a que cent cinquante mille kilomètres au compteur, la Honda Civic va nous enterrer. Vous aussi.

Enfin, je quittai Rennes à bord du kart nippon et, laissant la quatre-voies à son destin de gasoil, commençai mon enquête par le début : la vieille route qui mène à Montfort. Celle que j'ai arpentée dans les deux sens des milliers de fois, bourré surtout, quand je ne trouvais pas le gîte chez une copine d'un soir. Oui, *young adult*, j'avais la pression, comme tous les noceurs qui habitaient dans la campagne ; les activités se concentraient à Rennes, plus précisément dans un village d'un kilomètre carré où les bars du centre-ville étaient si nombreux qu'on se prenait les pieds dedans, un périmètre exclusivement concentré au nord de la Vilaine (personne n'allait au sud du fleuve avant l'ouverture des boîtes de nuit où l'on finissait quand on avait encore les bras vides), de la rue d'Antrain au fameux bar du Chien jaune en chantier en bas de la place des Lices, en passant par les jardins du Thabor où, curieusement, je n'ai jamais dormi. Ainsi, pour ne pas parcourir à moitié ivre mort les vingt-deux kilomètres jusqu'à Montfort, nous n'avions pas beaucoup le choix : les copains rennais ayant leur propre logement étant rares ou se perdant au fil de la fête, il fallait trouver une gente dame et, quitte à passer la fin de la nuit ensemble, de préférence super. La convaincre qu'elle faisait une bonne action, qu'elle sauverait peut-être une mère d'un chagrin éternel en cas d'accident mortel (il y en avait tant qu'à vingt ans, tout le monde connaissait quelqu'un qui était mort bourré au volant), voire leur faire croire qu'on avait un corps de rêve. Heureusement, la Bretonne est fêtarde.

Ce qui tombait bien, tant j'ai failli me tuer sur cette route. Alcool, envies suicidaires, rage et désespoir ne font pas bon ménage à vingt ans... J'avais quelques noirs souvenirs en prenant la route de tous les dangers, au diapason de l'orage qui menaçait au-delà du pare-brise.

Je suivis ce chemin que je connaissais par cœur, et constatai vite que même cette morne départementale avait eu le droit à un relooking à la mode rond-point et zones d'activités déprimantes ; Rennes avait débordé jusqu'au premier village. Vezin-le-Coquet, voyez-vous ça. Mon plus vieux copain habitait là, rencontré en CE1, qui s'est fait arracher une main en sortant de boîte après qu'un chauffard l'eut renversé sur son capot, continuant sa course avant de l'éjecter contre un panneau de signalisation. Coquet ou pas, Vezin était devenu une ville-dortoir de Rennes, que la campagne ne séparait plus, mais en poursuivant la route, on s'enfonçait dans le Plouc-Land de jadis : dans un hameau d'une demi-douzaine de maisons, je tombai sur un cochon en liberté sur le bas-côté, un gros qui aurait pu faire de la pub pour Cochonou – *junk food* appartenant à un fonds de pension américain et qu'on jette à la gueule des spectateurs du Tour de France en leur faisant croire que c'est un saucisson bien de chez nous.

L'Hermitage, le bled suivant. Cette fois-ci, c'est le père de mon voisin, routier, qui avait emplafonné la cabine de son camion dans le virage près de l'église. J'avais huit ou neuf ans, comme mon petit voisin, l'habitude de sonner à sa maison pour qu'on aille jouer à je ne sais quoi, mais ce dimanche matin-là, quand, sur le pas de sa porte, sa mère me dit que son mari routier était mort, je me suis trouvé bien con... Je pensai à eux dans le virage de L'Hermitage, avant d'approcher de ma cible : Breteil.

À partir de 1982, l'année du retour fracassant de Jimmy Connors, nous n'habitions plus dans un lotissement, mais dans une maison d'architecte dessinée par mon beau-père de l'époque, isolée entre Montfort et Breteil, la fameuse route de l'abbaye, baraque qui avait de la gueule avec sa pyramide, sa mare à canards et son jardin arboré où paissaient les roses en hommage à la beauté de ma mère – ma mère est belle, comme toutes les mères, il paraît, mais mieux tout de même, entre Claudia Cardinale et un soir d'été. Ma mère tenait la seule parfumerie de Montfort-sur-Meu, si minuscule qu'on pouvait à peine y entrer entier, magasin dont elle poussa l'arrière-boutique pour en faire un salon d'esthétique. Elle gagnait que dalle, les gens du coin se parfumaient au pastis ou pour les grandes occasions, genre anniversaires, mais mon beau-père gagnant soudain de l'argent, il eut la bonne idée de l'emmener en vacances au Club Med, tous les ans au mois de février, nous laissant à la maison, mon frère et moi.

Ou plutôt nous laissant la maison.

Ma mère se rongeait les sangs à l'idée du retour de vacances (la maison du beau-père architecte était son œuvre, son joyau, sa propriété privée, et gare à qui y touchait) et elle avait raison : ça allait être le gros, gros bordel, pendant quinze jours. D'autant que nous étions souvent en vacances scolaires à cette période, et si ce n'était pas le cas, on avait, comme on dit, autre chose à foutre qu'aller à l'école. Une fois, les copains s'étaient carrément cachés dans le champ de maïs qui bordait la maison en attendant que mes parents s'en aillent : ces derniers avaient à peine passé le bout du chemin qui donnait sur la route de l'abbaye et du Club Meb qu'on commençait à vider la maison. Je veux dire complètement : on ne gardait que les canapés, la grande table et les chaises, tout le reste, on le rapatriait dans la chambre des parents, avec un plan et des numéros pour chaque objet à remettre à sa place – mon beau-père avait décidé que chaque objet avait *sa* place, une seule, à jamais et presque au centimètre près dans la maison, imaginée en conséquence. Que le maniaque ne remarque rien à son retour de vacances était une gageure que nous relevions, le verre à la main. Les Rennais se passaient le mot, c'était *open bar* pendant quinze jours, il suffisait de l'alimenter, les « fêtes à Montfort » prenaient de la renommée, les Transmusicales à la cambrousse, il y avait parfois des concerts quand les copains musiciens venaient avec leurs instruments, du monde, c'était sûr, jusqu'à quatre-vingts personnes un soir où on avait vraiment les nerfs. On arrivait de Paris pour tâter de la soirée bretonne, les gens se frottaient et finissaient parfois ensemble dans le jardin, les canettes terminaient dans la mare quand ce n'était pas l'un de nous, à la fin des vacances les poissons avaient carrément un coup dans le nez, les canards allaient de travers, ça dégénérait, les copains grimpaient sur le toit pour péter des trucs, se prenaient les baies vitrées pleine face, on gérait le chaos, imaginant la tête du beau-père s'il débarquait à l'improviste.

Tout le monde connaissait le chemin qui menait à la maison de Montfort, passé Breteil, attention à la bifurcation sur la gauche, continuer jusqu'au passage à niveau, puis tourner à droite au bout de la route, encore une poignée de virages et prendre encore à droite le chemin privé avec un sens interdit, rapport à la propriété privée.

La madeleine mollissait dans le thé de ma cervelle tandis que je passais Breteil ; je reconnus la bifurcation sur la gauche, mais mon enthousiasme, déjà relatif, en prit un coup lorsque je tombai nez à nez avec le passage à niveau. Les barrières étaient abaissées, leurs couleurs, délavées, les rails se voyaient débordés par la végétation et les ronces qui mangeaient la moitié de la maison du garde-barrière ; la Micheline qui m'amenait au lycée ne passait plus par ici depuis des lustres visiblement, ni aucun train, même à bestiaux, encore moins le TGV qui, à l'époque, filait au large du champ de maïs où se cachaient les copains. On avait carrément coupé la route qui menait chez moi, la sous-départementale était devenue une impasse, un cul-de-sac dont la signalisation m'avait échappé.

Je fis demi-tour, pris la route de Montfort Ville, essuyai d'abord une volée de zones d'activités, d'enseignes criardes pour le jardinage ou la construction, une usine de transformation de bidoche probablement reliée au Grand Saloir, abattage et production de cochonnaille, tombai sur des bretelles et des pancartes, optai pour *Montfort Sud*, retrouvai enfin l'abbaye de mon adolescence et sa route censée me conduire à la maison-mère, ne la vis nulle part : nouveau demi-tour pour prendre la bretelle qui, à vol d'oiseau, semblait mener chez moi, roulai à deux à l'heure, le nez collé au pare-brise, tombai sur une autre impasse.

Passionnant, ce *road trip*.

Je fis un tour à pied dans le secteur, dégotai une barrière cachant une propriété qui aurait pu être la mienne, sans rien voir, ni reconnaître le voisinage. C'était pourtant dans cette maison que j'avais commencé à écrire, vers l'âge de seize ans, inventant ma vie à défaut de la vivre comme je l'entendais… Au début, seule ma bande de copains de seconde était au courant – cinq personnes. Les histoires que je leur confiais sur les grands cahiers 220 pages Clairefontaine étaient un peu les leurs, puisqu'ils en étaient aussi les héros, un grand succès totalement confidentiel qui me poussait à accumuler les cahiers. J'attendais juste que les parents quittent la maison après leur pause de midi, virais les cours du Cned pour sortir le cahier Clairefontaine en cours, et partais pour des heures de trip, Bowie ou Marquis de Sade à fond dans le salon d'écriture. De la magie blanche pour un ado chassé de l'école.

En attendant, j'avais beau essayer de hisser un œil par-dessus les portails, aucun souvenir ne me revenait. Et pour cause, quand on finit par me montrer le bon chemin, en prenant la bretelle de La Chapelle-Thouarault, je retrouvai le lot de maisons néo-bretonnes et le petit chemin privé : la maison-pyramide était derrière un grand portail en bois, invisible…

Des débuts difficiles (si je n'étais pas foutu de retrouver ma maison, mon enquête allait finir dans le Meu, comme mes cahiers de correspondance à la fin de chaque année de collège), d'autant qu'il était déjà 6 heures du soir et que la nuit tombait.

C'était bientôt l'heure de l'apéro, la *golden hour* des Bretons, le moment où les langues se dénouent. Mon heure en général. La culture du bistrot se perd, c'est socialement bien dommage, puisque c'est aussi le lieu où les classes se mélangent sans trop de distinctions, où l'on baisse la garde à la première blague. J'errai dans la *main street* de Montfort, la fameuse rue Saint-Nicolas où jadis se concentraient les petits commerces, les villageois s'y précipitant souvent avant 19 heures pour les dernières courses avant le dîner. J'étais donc en plein pic d'activités consuméristes, à pied pour mieux slalomer entre la foule féminine qui, sommée de se coltiner les courses, était censée s'affairer, mais ce soir, la rue commerçante de Montfort était vide.

Un jeudi, la soirée étudiante. Quelques magasins étaient ouverts, mais déserts eux aussi, des enseignes de banque, de mutuelle, de lunettes, d'immobilier, des polluants visuels publicitaires qui cassaient l'ambiance, et plus un chat pour voler de la boucherie du Père Machin à Chez Perette, la sympathique fromagère dont le sourire et la blondeur secouaient ma timidité enfantine. Où diable les Montfortais étaient-ils fourrés ?

Une voiture passa dans la rue morne, deux pauvres phares dans la nuit et aucune ombre au tableau. J'allais interviewer les lampadaires, les pots de fleurs qui auraient pu croiser la victime, tirer des infos de première main pour éclairer le drame. L'écrivain-qui-allait-enquêter-sur-place était en pleine bourre.

Mon plan, généralement bien rodé, prenait l'eau. Dans mes souvenirs, il y avait une bonne dizaine de bistrots éparpillés des douves du donjon aux places du village, des repaires d'arsouilles pour la plupart ; l'un d'eux était d'ailleurs mon entraîneur de foot en poussins, le Père Nivet, une blague, toujours en bottes en caoutchouc et la Gitane Maïs au bec, bien rougeaud on le devine, et qui nous invectivait depuis le bord de touche. L'entraîneur des pupilles s'avérant un de ses copains de bistrot, le Père Picon ou quelque chose comme ça, j'ai vite arrêté le foot, comme Cantona jetait ses maillots quand il en avait marre, dégoûté. Mais, ce soir, pas de Père Nivet gueulant depuis la buvette en répandant son haleine d'ivrogne jusqu'au rond central : les trottoirs de la ville étaient désespérément vides, comme le seul bar ouvert dans la rue désanimée.

J'avoue, je n'ai pas eu le cœur d'entrer.

— Bonsoir !

— Bonsoir. Qu'est-ce que je vous sers ?

— Une double mauresque, pour garder bonne haleine en arrivant à l'apéro.

— Habile.

— Vous connaissiez Magali, la victime du féminicide commis l'année dernière ?

— Heu, non.

— C'était pas le genre à s'arsouiller, j'imagine.

— Non. Elle avait quatre enfants, je crois.

— Eux non plus ne venaient pas s'arsouiller ?

— Le plus vieux a quatorze ans.

— L'âge où je mettais un peu de toutes les bouteilles d'alcool trouvées dans la réserve de mes parents, pour que ça ne se voie pas, et qu'on finissait par vomir. Quand on est breton, on est aussi un peu con.

— Pas au point de servir de l'alcool aux moins de dix-huit ans : c'est la loi.

— Pas chez nous, vous le savez. J'enquête sur le meurtre pour tout vous dire. J'ai grandi ici, parfaitement, mais je reconnais à peine la pancarte.

— J'ai rien à vous dire.

— Même pas un ragot ? Un *gossip* ? Une piste pour un enquêteur de retour chez les ploucs comme le Père Nivet ?

— C'est qui, celui-là ?

— Un sac à vin qui entraînait les gamins au foot en leur criant dessus : il doit fermenter sous terre depuis un moment.

— Connais pas.

— Et Jérôme Gaillard, le mari de Magali ? Le tueur ?

— Je ne sais même pas qui c'est.

— Un type qui a tué sa femme à coups de batte de base-ball.

— Ici, on tue pas les femmes à coups de batte de base-ball.

— Déjà qu'il n'y a pas beaucoup de clients.

— C'est plus animé des fois.

— D'accord. Alors, si je résume bien, vous n'avez jamais vu la victime, Magali, ni son mari assassin, et vous ne savez rien sur eux. Cette affaire vous touche quand même, vu que le meurtre a été commis à quelques centaines de mètres d'ici ?

— Bah, on en a parlé, oui, mais on les connaissait pas. Qu'est-ce que je peux vous dire de plus ?

— Je vous ressers un verre ?

— La même chose. C'est l'*happy hour*, non ?

Au lieu de quoi, la bise du soir me poussant sur le trottoir, je marchai jusque chez la caviste de la rue Saint-Nicolas, qui roupillait sec avant mon arrivée tonitruante dans sa boutique.

— Je peux vous aider ?

— Merci, je vais prendre ces deux bouteilles-là.

La réalité est parfois moins surprenante que la fiction, et quelque chose me disait que Magali ne passait pas ses apéros à livrer ses confidences à la caviste de Montfort, pas plus qu'elle ne finissait ses *after* dans le bar d'en face, vide. Il n'y avait plus de lieux pour communiquer avec le premier venu, plus d'arsouilles ou de jeunes pour prendre le pouls de la ville, plus de ménagères, les bras croulants sous les sacs de courses pendant que leurs maris s'entraînaient à mettre les pieds sous la table, que cette artère déserte à la nuit tombée. Où étaient-ils passés : au Super U, croisé à la sortie Sud ? C'était fort probable, dézinguant les commerces locaux au profit de la bouffe industrielle qui file le cancer, à Montfort comme ailleurs. On a beau le savoir, ça fait bizarre de voir les petits commerces fermer.

Je remontai à pied vers l'hôtel-restaurant, qui existait toujours, et la gare-corvée qui m'amenait en Micheline au lycée – réveil 6 heures, café, clope, mobylette sous la pluie ou le froid jusqu'au train de 7 h 03, descendre à Rennes et marcher pour arriver à 8 heures en cours, rincé, voire vindicatif envers les joies du réveil et des contraintes imposées par notre système de demeurés : l'inverse de la liberté enseignée par les Amérindiens, tellement plus intelligents que ces pâles infatués de balivernes précapitalistes absurdes et mortifères, un cortège de jésuites à leurs couilles pour les casser à tout le monde. Je m'énervais tout seul en arrivant devant la maison de Pharma Stoïque, le sac à l'épaule.

Pharma Stoïque est la fille du beau-père architecte qui n'aimait pas retrouver sa maison en vrac en rentrant de vacances. J'avais appelé Pharma Stoïque quelques semaines auparavant pour la prévenir que je m'invitais chez elle, ça l'avait fait marrer, profitant de l'occasion pour parler du meurtre. Quinze ans qu'on ne s'était pas vus : je comptais sur Pharma Stoïque pour me donner des infos sur Magali et sa famille. Des infos de première main.

La pharmacienne d'un village connaît tout le monde, non ?

5

Pharma Stoïque

Comme le faisaient remarquer Derrida et Roudinesco il y a longtemps déjà, la langue et la société françaises ont toujours dix trains de retard avec la notion de famille. Pour preuve, il n'existe aucun mot pour désigner la personne qui, après la séparation des parents biologiques, vit désormais avec la mère ou le père séparé. Les termes « beau-père » ou « belle-mère » sont impropres, puisqu'ils sont déjà usités pour désigner les parents de notre amoureux(se). Les pièces rapportées qui éduquent souvent les enfants des autres n'ont donc pas de nom. Ils n'en avaient pas lorsque mes parents ont divorcé, quarante-cinq ans plus tard, rien n'a changé. Cette absence d'identification révèle le conservatisme pourri jusqu'à la moelle d'une société aveugle et insensible aux variations affectives de la population, ou ne voulant pas sortir du cliché un-papa-une-maman, alors qu'aujourd'hui plus personne ou presque ne passe sa vie avec les mêmes individus.

De la même manière, dans les familles recomposées, il n'existe pas de nom pour désigner les enfants issus de l'autre union : les filles de mon beau-père n'avaient pas de noms, pas plus que mon frère et moi n'en avions à leurs yeux. « Beau-père » employé improprement, on les appelait « belles-sœurs ».

Avec moi, Pharma Stoïque a souffert. Du manque d'attention de la part de son père, voire d'amour si l'on considère qu'un papa normal se tuerait en riant pour sauver sa fille, mais aussi du bordel que j'occasionnais lors de son adolescence studieuse. Pendant l'enfance, ça allait encore, mais, à quatorze ans, Pharma Stoïque est venue vivre définitivement à la maison. Le plus souvent première de classe, grande lectrice, fortiche en maths et en sciences, ma « belle-sœur » était une athlète scolaire complète qui se dirigeait naturellement vers Pharma(cie). Beaucoup de par cœur, de la tranquillité pour absorber toutes ces infos et un handicap pour la freiner dans ses études : moi. On s'était astucieusement postés à l'opposé du coin enfants de la maison-pyramide, qui réunissait quatre chambres dispatchées autour d'une salle de jeux commune, mais ça n'a pas suffi. Au-delà des vacances au Club Med où le chaos régnait à la maison, le reste de l'année n'était pas très propice aux hautes études. Écrivant le soir avec la musique à fond, je perturbais sérieusement la concentration de l'apprentie pharmacienne, faisant trembler les formules chimiques sous les basses de son cerveau mis à rude épreuve par ma fureur sourde.

Quand je me mis à la guitare électrique, ce fut franchement pire. Même les vaches au loin en avaient plein les oreilles, étant entendu que, selon l'adage punk, le plus important n'était pas de savoir jouer, mais de jouer – de préférence fort et avec un maximum de distorsion, pour faire plus rock. Seule ma nullité l'a sauvée, après quatre mois à repousser les murs à coups de « pains » retentissants – à la fin, plutôt que de faire mal mes gammes, je mettais les Clash très fort et jouais par-dessus, n'importe quoi. Ma carrière de rocker s'achevant avant d'avoir commencé, l'étudiante me remercia chaudement pour cet échec, gagnant au passage ses galons de Pharma Stoïque.

Mais on s'aimait bien.

De fait, après mon arrivée chez elle ce soir-là, une poignée de secondes suffit pour voir gicler la première blague, nous ramenant derechef de l'enfance à la dernière fois qu'on s'était vus, quarante ans de vie non commune liés par le bruit et la fureur. Elle et son mari étaient mes atouts dans un jeu bien maigre : Pharma Stoïque est naturellement devenue pharmacienne à Montfort, qu'elle n'a pas quitté, et en trente ans d'exercice, une pharmacienne sait tout sur tout le monde dans le village, à coups d'ordonnances et de petits secrets médicaux. Quant à son compagnon, Prince du Donjon, il avait tenu l'écomusée de Montfort jusqu'à sa fermeture et savait tout de l'histoire de la ville et ses habitants.

Nous n'avions pas bu le deuxième verre que je dus déchanter : si le couple avait été choqué par le meurtre de Magali, alimentant les conversations de la disparition jusqu'au dénouement de l'affaire, le temps avait repris son cours et ils n'avaient rien de plus à dire que ce qu'on pouvait lire dans les journaux. Pharma Stoïque et Prince du Donjon non plus ne connaissaient pas la victime qui, malgré six mois de résidence à Montfort, n'avait jamais mis les pieds à la pharmacie, pourtant la seule de l'agglomération : ni Magali, ni ses enfants, ni ses amis, ni personne de sa famille même éloignée.

Et si je comptais sur leurs filles pour rapporter des infos du collège où les enfants de Magali avaient pu les côtoyer, les deux rejetonnes étaient aujourd'hui majeures et parties poursuivre leurs études à Paris depuis belle lurette…

Ma piste « témoins locaux n'ayant pas parlé à la presse » se perdait dans mon vin. Une impasse. En revanche, Montfort était de nouveau à feu et à sang. Depuis le début de la semaine, tout le monde ne parlait que de ça.

— Tu n'as pas lu *Ouest-France* ? me dit-elle.

L'abbé Yannick Poligné, 52 ans, curé de la paroisse Saint-Louis-Marie en Brocéliande, à Montfort-sur-Meu (Ille-et-Vilaine), dans le diocèse de Rennes, Dol et Saint-Malo, a été mis en examen dimanche 6 novembre, à Paris, pour viol aggravé sur un adolescent et provocation de mineur à l'usage de stupéfiants. Il a été placé en détention provisoire.

— Allons bon, m'esclaffai-je.

— Attends la suite.

« Je ne veux pas en parler, ça me fait trop mal… » Les visages sont fermés en entrant dans l'église de Montfort-sur-Meu. Ce dimanche matin 13 novembre 2022 s'y tient le premier office depuis le placement en détention de l'abbé Yannick Poligné, 52 ans, curé de cette paroisse de l'ouest de Rennes (Ille-et-Vilaine). Il est mis en examen pour viol aggravé sur un adolescent de 15 ans, avec usage de drogue pour altérer le discernement de la victime. Ainsi que mise en danger de la vie d'autrui, du fait de sa séropositivité.

— De mieux en mieux.

— Consternant, oui, abonda Pharma Stoïque en me montrant ses articles de journal.

L'archevêque de Rennes Pierre d'Ornellas, après avoir fait part de sa « tristesse et de sa douleur », a annoncé avoir « signalé à Rome » les faits reprochés au prêtre, afin que soit lancée une procédure canonique. « C'est le ciel qui me tombe sur la tête », commentait un paroissien ce vendredi matin (11 novembre). Pour la plupart d'entre eux, cette révélation est incompréhensible. Chacun pense à sa relation, ou celle de ses enfants et petits-enfants avec le prêtre.

« Je devine combien nombre d'hommes et de femmes peuvent être scandalisés par cette information. Je le comprends et assure chacun de ma détermination à agir », poursuit l'archevêque de Rennes, qui se rendra à la messe de dimanche à Montfort pour soutenir les paroissiens.

— Ouf. On sait ce qui s'est passé ?
— Dans l'édition de ce matin, oui.

Les faits se seraient déroulés dans la nuit du 3 au 4 novembre, dans une chambre d'hôtel parisienne. Le prêtre aurait administré à l'adolescent, à son insu, une substance afin d'altérer son discernement avant d'avoir une relation sexuelle avec lui. L'abbé a été mis en examen à Paris pour « viol aggravé sur mineur », « provocation de mineur à l'usage de stupéfiants », « usage illicite de produits stupéfiants » et « mise en danger de la vie d'autrui », en raison de sa séropositivité. Il a été placé en détention provisoire.

L'homme ne conteste pas la relation sexuelle mais affirme qu'elle était consentie et qu'il ne connaissait pas l'âge de sa victime, qui prétendait avoir 18 ans sur son profil Grindr.

— Le coquin.

— Au-delà de la séropositivité, le plus simple serait quand même que les curetons aient le droit de baiser, quand on voit dans quel état ça les met, s'encanailla la fille de l'ex-mari de ma mère.

— Des majeurs, de préférence, précisa Prince du Donjon qui, visiblement, n'avait pas fait sa communion.

— Oui. Ça me rappelle l'abbé Grimaud, remarquai-je à chaud ; je n'ai mis qu'une fois les pieds dans l'église de Montfort, jeune ado, un soir de Noël chez un copain où ses parents nous avaient amenés à la messe de minuit, trop chiant, mais je me souviens que l'abbé Grimaud était très populaire : pas mal de copains partaient avec lui en vacances vertes.

— Oui, il organisait plein de trucs pour les jeunes de Montfort : tout le monde l'adorait.

— Il était peut-être sur Grindr.

— Il n'y avait pas de sites de rencontres à l'époque.

— Et l'Église, c'est quoi ?
— Ha ha !

On a passé le reste de la soirée à faire le tour de Montfort, des destinées des gens que j'avais connus – ce qui fait froid dans le dos, c'est que presque tous les adultes de l'époque étaient aujourd'hui morts –, des mariages et des divorces, ceux qui étaient partis vivre à l'étranger et ceux qui étaient toujours là, pas dans le meilleur état. Avec le temps, va.

Je n'étais pas très avancé, niveau écrivain de l'extrême qui enquête, mais après Jérôme Gaillard et son féminicide, voilà l'abbé Poligné soupçonné de violer des adolescents ; le village de mon enfance était-il en réalité bourré de criminels ?

6

Le club des filles

Entre l'école et le sport, les jeunes de Montfort se connaissaient presque tous, au moins de vue. Il n'y avait que ceux de l'école privée Sainte-Marie qu'on croisait peu, avec un regard de condescendance, genre « les pauvres », sans qu'on sache trop pourquoi on était plus riches.

Enfin, les commerces se concentrant sur l'artère principale du village, la rue Saint-Nicolas, le lavoir était un lieu privilégié où les jeunes aimaient se retrouver ; il était un peu à l'écart, près de la rivière du Meu, pris dans une végétation qui nous cachait des adultes. Ce ne fut pas le lieu de mon premier baiser, mais de ma première cigarette, qui, déjà, avait moins bon goût. Une Peter Stuyvesant rouge donnée par une copine qui fumait ce poison lent, que je ne crapotai malheureusement pas longtemps.

Le lavoir avait l'odeur des lentilles d'eau et le parfum des filles qui venaient là. Notre jardin secret sous les voûtes des arbres, que tout le monde connaissait, mais où nous n'étions pas dérangés par les normes de la société. On faisait les grands en s'intoxiquant, imaginant nos arrière-grands-mères s'éreinter sur les bacs de pierre lisse où les pauvres femmes passaient la moitié de leur vie penchée à laver draps et vêtements d'un autre temps. Nous étions des privilégiés, ce n'était pas mieux avant, on savait y croire.

Mes amies étaient en général plus âgées que moi, un an ou deux qui me paraissaient un Rubicon avec des Cupidons qui te tirent dessus avec des vraies flèches, décalage douloureux qui me donnait l'avantage d'être à leurs yeux féminins totalement inoffensif, au cas où quelqu'un en aurait douté – j'avais encore la coupe de Dave, le sourire en toutes circonstances même si je n'y comprenais rien. Niveau éducation sexuelle, j'étais tellement au point que, l'année de cinquième, une de ces copines évoquant ses règles, voyant vaguement qu'il s'agissait d'un truc de filles, je croyais que du sang sortait par les seins.

Heureusement, les filles de Montfort ont fait mon éducation. Il y eut d'abord Épi de Blé, dix-huit ans à nous deux, et déjà vive de corps et d'esprit : on était de bons copains, elle faisait un peu garçon manqué avec ses cheveux courts et blonds, une gamine toujours speed et assez pipelette pour compenser ma timidité – ce n'est pas parce qu'on sourit qu'on n'est pas timide. Nous dormions parfois l'un chez l'autre, puisque nos parents étaient amis et, à l'occasion, faisaient la fête. Il n'avait jamais été question de rien entre nous, on jouait ensemble, c'était tout, aux cartes ou à un jeu de société, elle courait vite aussi, et puis un soir, dans sa chambre à l'étage, pendant que les parents dansaient, au moment de s'endormir, Épi de Blé s'est allongée près de moi, nue comme un champ. Même pas un bout de pyjama. J'avais les mains dans les poches de mon slip, du genre qui n'a rien vu, quand elle m'a invité à caresser son corps. Merci bien.

Je n'ai jamais aimé le terme « touche-pipi » – voilà encore une façon de dénigrer le corps, l'amour, le sexe. Bon, ce soir-là, entre « Le freak c'est chic » et « Born to Be Alive », je n'en menais pas large. Mais c'était une chance de toucher pour la première fois la peau d'une fille, et si Épi de Blé était encore prépubère, je trouvai son invitation à l'explorer à la fois culotée, intimidante, et extrêmement sympathique. Une preuve de sa confiance en moi, dont j'avais comme tout le monde diablement besoin. Ce n'est arrivé que cette nuit-là, on n'en a jamais reparlé, c'était arrivé, c'est tout. Bienvenue au club des filles.

J'étais fan, pour ainsi dire dans le kop.

Il fallut quelques années pour devenir abonné ; le club des filles jouait en première division et j'étais encore en réserve, peaufinant ma première apparition dans leurs rangs. Sixième, cinquième, j'avais de bonnes amies, des confidentes qui me déniaisaient, les contacts étaient doux, délicats, on se serrait souvent tendrement dans les bras en gage d'amitié, on se faisait même des bisous sur les lèvres pour se dire bonjour, ou au revoir, mais la langue servait à parler. Ma première titularisation au club des filles eut lieu lors d'un tournoi de ping-pong à Breteil, le bled d'à côté, une pelle comme une révélation, une aventure, une échappée du *Titanic* où gisait mon ignorance.

Fini les Big Jim articulés en plastique, place aux poupées de chair et d'os.

Les filles de Montfort-sur-Meu étaient aussi jolies qu'ailleurs, accueillantes pour qui s'intéressait à elles, plus curieuses que les garçons de découvrir l'amour et ses territoires. Parmi elles, Lèvres Ardentes, une copine de troisième, avait déjà un corps de femme et peu froid aux yeux. Toujours timide, je ne me serais jamais aventuré seul sous le pull de cette charmante exploratrice, mais si on m'invitait avec cette ardeur inconnue… Je ne me souviens plus comment je me suis retrouvé chez elle, où étaient ses parents, juste que cette nuit-là a été blanche. Lèvres Ardentes était une touche-à-tout, très douée dans le genre coucou me voilà, ce qui changeait des concours de branlette sur la table de ping-pong avec les copains. On s'est embrassés si longtemps qu'à la fin, on avait la bouche en coton, tout en expérimentant des attouchements franchement excitants. Je devais être assez maladroit, mais comme pour un premier roman, il faut bien commencer quelque part et, n'est-ce pas, on ne peut que progresser. En tout cas, cette nuit blanche dans les bras de Lèvres Ardentes fut d'autant plus inoubliable qu'elle fut aussi la seule : l'épisode découverte-manuelle-du-sexe-de-l'autre ne se reproduisit pas.

Elles étaient comme ça, les filles de Montfort.

De vraies copines.

Et puis, il y avait La Cane, boulevard Carnot, le seul cinéma du canton, ou presque, tenu par un passionné qui se débrouillait pour avoir les films une semaine seulement après Rennes, et dont les affiches placardées dans les rues nous donnaient l'eau à la bouche. En réalité, il n'y avait qu'une affiche annonçant le film projeté le week-end, toujours au même endroit, face à la pharmacie, ce qui avait le mérite d'être clair. Très vite, ce fut le coup de foudre ; j'avais le droit aux westerns télévisés du mardi soir à la maison, mais *Il était une fois dans l'Ouest* ou *Mad Max 2* en grand écran dolby stéréo valaient mille finales de foot perdues-à-cause-de-l'arbitre.

Le cinéma était le grand rendez-vous du vendredi ou du samedi soir ; les mobylettes pétaradaient des tuyaux, les vélos faisaient du sur place ou des roues arrière, ceux que les parents déposaient en voiture les dégageaient vite, ceux qui venaient à pied tiraient sur les coudes. Plus excité, je ne voyais que mon frère devant un match de foot, la bave aux lèvres encore séchée de la rencontre précédente. Tous les ados de Montfort et des environs se retrouvaient devant le cinéma pour le film du week-end, sûrs que, de toute façon, la programmation était super. C'était le cas.

Il y avait les copains du collège, moineaux mal dégrossis qui jouaient les rossignols, les copines, petites mouettes rieuses dont certaines, au bénéfice de l'obscurité, nous invitaient au club des filles. Des amourettes qu'on prenait évidemment très au sérieux. J'avoue ne pas me souvenir du film projeté ce samedi-là, mais tout à fait de Cheval de Fer, une quatrième comme moi à l'époque, dont l'humour et les yeux verts m'avaient conquis avant même ma naissance. On « marchait ensemble », comme on disait par chez nous, c'est-à-dire littéralement, main dans la main, à travers la cour que nous montions et descendions de concert (la cour était en pente), nous racontant des trucs d'amoureux qui osent à peine se le dire, mais on ne s'était encore jamais embrassés.

Il est vrai que Cheval de Fer avait un appareil dentaire, beaucoup moins sophistiqué que les transparents d'aujourd'hui. Le sien était en acier, ce qui n'encourageait pas à rouler des pelles à tour de bras comme je l'avais fait plus tôt avec Lèvres Ardentes. Enfin, Cheval de Fer était près de moi dans la salle de cinéma, où nous nous trouvâmes pour la première fois dans le noir. Le générique de début n'était pas terminé que nous étions déjà tournés l'un vers l'autre, souriant doucement dans la pénombre ouatée du cocon cinématographique, avant de se jeter à l'eau. Ou plutôt dans la bouche de Cheval de Fer et sa terrible barrière, un appareil, tu t'électrocutais dessus, dressant à jamais mes cheveux en pétard, mais quel galop, quelle fougueuse liberté dans ces mouvements de langue : mon enfance éclata, comme dans la chanson de Brel, au cinéma de Montfort où les filles montaient leur club.

Pas de sites pornographiques, d'amours découvertes à l'envers pour brouiller les désirs adolescents : la nudité était encore un mystère, ou alors dans les livres pornos de certains parents que je ne regardais pas quand on en trouvait cachés dans les coins, comme si ce n'était pas de l'amour. Un cinquième redoublant et pas le plus malin de la cour était arrivé un jour à l'école avec des cartes à jouer cochonnes, qu'il nous a montrées en douce, ricanant devant nos douze ans. Je restai dubitatif devant la photo d'une bougie allumée plantée dans le cul d'une femme ; comme je ne m'étais pas encore électrocuté à Cheval de Fer, ma libido se résumait aux combinaisons d'Emma Peel.

Dans tous les cas, personne ne s'en prenait ouvertement aux femmes. Du moins, ça restait sous les radars. La mère d'une copine de collège tenait une boutique de la rue principale et, divorcée, se faisait battre par son nouveau compagnon. Un connard qui présentait bien, loin du cliché de l'abruti en marcel. Ma copine de collège était drôle et à moitié cinglée, c'est ce que j'aimais chez elle, ma mère m'avait vendu la mèche pour son beau-père lâche, mais on n'en a jamais parlé – ma jeune amie se contentait de le détester. Tout le monde était désolé de cette situation, mais aucun signalement n'avait été déposé à la police. Elle subissait, c'est tout. Sauf qu'un jour, ma copine cinglée a fugué. Elle avait quinze ans. On l'a retrouvée des mois plus tard à Toulouse où, passée entre de mauvaises mains, l'adolescente était contrainte de se prostituer pour payer la dose que des salauds avaient introduite dans son corps.

Combien de dommages collatéraux ?

Je repensai à Magali, au vide qu'elle laisserait derrière elle, à l'inconnue qu'elle était pour moi.

★

Lorsqu'on ne partage pas ses souvenirs de Magali, raconte une fait diversière dans les archives de *Ouest-France, les yeux sont rivés vers la chaussée ou en direction de son portrait, diffusé sur un écran, juste à l'entrée de l'église. La même photo qui avait été utilisée pour l'avis de recherche. Ce sourire et ces yeux pleins de vie, il en sera question tout au long de la cérémonie. Parce que de Magali « il restera la générosité, la luminosité de son regard pétillant », témoigne l'une de ses cousines qui considérait qu'elles avaient « la vie devant elles ». À l'extérieur, on écoute les hommages de cette grande famille « aimante » avec une oreille attentive, grâce à une enceinte. La place de l'Église est submergée par une vague d'émotion. « Entière », « vraie », « passionnée ». Tour à tour, amis et famille dressent le portrait d'une femme qui « aimait la nature et les choses simples de la vie ». Surtout, c'était une personne « optimiste » qui « aimait les gens ». Des anecdotes de « festivals improvisés », d'« un concert de Massive Attack », et son « courage d'avoir sauté à l'élastique » ressortent ici et là. « C'était une danseuse de rock comme personne. » Être aux côtés de Magali, c'était « avoir l'impression d'avoir des ailes », confie son témoin de mariage. Magali décrivait volontiers la grand-mère qu'elle aurait souhaité devenir un jour. Une image « super ordinaire ». Mais ce sont ces petits moments du quotidien qui faisaient d'elle ce qu'elle était. Avant tout, « une maman investie, qui aurait tout fait pour ses enfants ». Elle en avait quatre, âgés de 4 à 14 ans. « Un engagement entier. » Son amour pour les gens et l'ordinaire, « Mag » l'illustrait aussi dans son métier. Éducatrice de rue, à Rennes, elle s'attachait à « venir en aide à une jeunesse blessée, désorientée », racontent ses collègues, « admiratifs de sa douceur et de sa patience. Elle a toujours cru qu'un autre monde, meilleur, était possible, que du mal pouvait surgir le bien ». Les circonstances tragiques de sa mort ne sont que très peu évoquées pendant la cérémonie, si ce n'est qu'« elle a été arrachée à la vie sans sa volonté ».*

Dans la chambre d'adolescente que m'avait réservée Pharma Stoïque, je relisais les portraits de Magali rapportés par la presse. Certains proches avaient accepté d'évoquer leur amie, mais les mois étaient passés, effaçant la douleur et le désir de la ranimer. Aller au concert, danser, découvrir de nouvelles sensations, aimer les gens et ses enfants, l'ordinaire de Magali était le mien, le nôtre, son destin, d'autant plus tragique que son quotidien semblait gai…

7

Un corps sous la neige

J'ai cru un jour qu'un ami avait été assassiné. On avait retrouvé son corps sans vie à l'arrière d'un hangar, en banlieue parisienne, une méchante plaie à l'arrière du crâne.

Le choc à l'annonce de la mort, l'émoi – le joyeux drille n'avait pas quarante ans –, et aussi ce goût particulier à l'idée qu'il ait pu être tué. On ne peut pas s'empêcher d'imaginer les circonstances du décès (« Qu'est-ce qui s'est passé ? » est toujours la première question qu'on pose en apprenant la disparition d'un proche), le scénario qui a mené au drame : quels ennemis l'ami en question pouvait-il avoir ? Une affaire de drogue, dont personne n'était au courant ? Avait-il été plutôt attaqué par une sombre crapule, se tenant au mauvais endroit au mauvais moment ? Retrouverait-on jamais l'auteur du crime, pour qu'au moins justice soit faite ?

Après autopsie, il s'avéra que notre ami avait subi une rupture d'anévrisme alors qu'il se trouvait à l'arrière du hangar, qu'il était malheureusement seul et était tombé la tête en arrière, de tout son poids, ce qui l'avait tué. Un accident. C'était presque un soulagement, maigre, mais qui n'attisait aucune colère ni haine. Aucun feu, en tout cas, qu'on traîne dans nos corps comme une bactérie ou un cancer qui nous ronge.

La mort de Magali n'était pas un accident.

Quelqu'un l'avait attaquée par-derrière. Mais sans corps, comment le savoir ? Impossible de faire le deuil de l'être aimé sans la certitude de son décès : les « folles de la place de Mai » en Argentine le savaient mieux que quiconque, mères et grands-mères réclamant tous les jeudis devant l'Élysée local et pendant trente-cinq ans (trente-cinq ans...) le « retour » de leurs maris ou enfants enlevés par la junte de Videla, « disparus » mis au secret, battus, violés, systématiquement torturés à l'électricité, avant d'être jetés vivants d'un avion, comme des paquets à la mer, pour qu'on n'en sache jamais rien. Une torture psychologique pour les proches, qui imaginent fatalement des failles dans leur chagrin, un espoir même infime que leur amour soit toujours en vie, quelque part. Une forme de double peine, que toutes les victimes collatérales doivent ressentir.

Magali est restée longtemps sans tombeau, des semaines qui comptaient double donc, ou triple, des semaines qui vous tapent sur le système, aiguisent les larmes comme des couteaux, pourrissent le sommeil et toute idée de repos, un cri qui persiste en silence, là, sous la peau. À quoi pensait le mari de Magali pendant tous ces jours : à se sortir d'affaire ? Quel rôle jouait-il auprès de leurs quatre enfants : celui du père éploré ? Tous les matins, remettre son masque, vivre en faux, ruminer son imposture ?

Il faudra plus d'un mois avant de retrouver le corps de Magali Blandin, relatent les archives que les fait diversiers de *Ouest-France* m'ont procurées, glanées sur Internet. *Un témoignage a longtemps induit les enquêteurs en erreur, qui signalait le départ à pied de la victime vers 10 heures, le jeudi 11 février.*

Les battues ne donnaient rien malgré les moyens mis en œuvre, laissant craindre le pire : les suicidés ne s'enterrent pas, et la rivière du Meu aurait déjà rendu le cadavre. Un enlèvement ou un meurtre sont plus probables qu'une fuite délibérée en abandonnant ses quatre enfants. Sauf que les enquêteurs n'ont aucune piste.

Mais le 25 février 2021, premier coup de théâtre : Jérôme Gaillard, 45 ans, se présente avec son avocat devant le juge d'instruction en charge du dossier de la disparition de sa femme. Il est, dit-il, victime d'une tentative d'extorsion. Sans véritable profession, Jérôme Gaillard loue, par le biais d'une SCI, des hangars attenants à la ferme qu'il rénove à Montauban-de-Bretagne, notamment à des ressortissants géorgiens : ce sont eux qui le menacent s'il ne leur verse pas 15 000 euros. L'affaire est prise très au sérieux.

Les enquêteurs ont compris que cette affaire d'extorsion révèle en réalité les contours d'un complot criminel. Les enfants mis à l'abri, la gendarmerie déploie de gros moyens, jusqu'à faire appel au GIGN pour interpeller, le 14 mars, les cinq maîtres chanteurs présumés.

Trois d'entre eux sont mis en examen, deux sont écroués, dont un homme de 45 ans tout juste sorti de prison. Selon le procureur, les Géorgiens disposent en effet d'un enregistrement secret dans lequel Jérôme Gaillard évoque « son intention de tuer sa femme », lui réclamant 15 000 euros pour ne pas le rendre public. Ce complot aurait pris naissance à l'automne et son scénario aurait évolué au fil du temps. Une version contestée par les mis en cause géorgiens, mais la présence de l'un d'eux, à proximité du domicile de la victime dans ce qui s'apparente à des surveillances, attise les soupçons du complot criminel.

Pourquoi Jérôme Gaillard a-t-il pris le risque de faire appel au juge ? Sans corps, et malgré les soupçons qui pesaient sur lui, rien ne pouvait l'accuser. Or, en s'épanchant sur cette tentative d'extorsion, même sans en dévoiler les détails et prétextant se sentir menacé, l'enquête rebondit. Comment Gaillard pouvait-il ne pas prévoir que les révélations des Géorgiens le perdraient ?

Interpellé dans la foulée, le mari de la victime finit par avouer, au bout de vingt-neuf heures de garde à vue et en présence de son avocat, « être l'auteur du meurtre prémédité de son épouse ». Selon le récit qu'il donne ce jour-là, il aurait agi seul le jeudi 11 février après avoir déposé les enfants à l'école. Caché dans l'escalier du petit immeuble de Montfort-sur-Meu, il aurait surpris son ex-compagne d'un premier coup de batte de base-ball alors qu'elle quittait son appartement, puis [d']un second pour s'assurer de son décès, avant de rentrer le corps dans l'appartement où elle logeait, et de refermer la porte derrière lui.

Le mari a ensuite dirigé les gendarmes vers la zone boisée de Boisgervilly, à deux kilomètres de chez lui, où le corps a été retrouvé enterré très profondément.

Une battue, si elle était passée à cet endroit, « ce qui n'a pas été le cas », indique un gendarme, « n'aurait pas permis de découvrir quoi que ce soit ».

« Une autopsie du corps de Magali Blandin sera rapidement effectuée, avant de définir le rôle de chacun dans ce drame qui vient s'inscrire, comme le dira le procureur de Rennes Philippe Astruc, dans la triste liste des homicides conjugaux. »

« Retrouver le corps était notre priorité principale, afin de pouvoir le rendre à la famille pour qu'elle entame son deuil, déclare le colonel Sébastien Jaudon, commandant

de groupement de gendarmerie d'Ille-et-Vilaine. Nous allons désormais pouvoir nous focaliser entièrement sur l'enquête. Et celle-ci sera longue. Car les zones d'ombre demeurent, tant les éléments rapportés par le suspect sont sujets à caution. Quel est le degré d'implication des Géorgiens dans cette affaire ? Ils nient tous être liés au meurtre de Magali Blandin, et Jérôme Gaillard assure avoir agi seul… Mais il ment. »

Au-delà du meurtre, le comportement incongru, pour ne pas dire suicidaire, de Jérôme Gaillard laisse sans voix. Dans quel piège s'est-il fourré pour évoquer ces mystérieux Géorgiens, au risque de se perdre ? Dans *Crime et châtiment*, le héros tueur de Dostoïevski ne cesse de mener l'enquêteur sur sa propre piste, espérant que la reconnaissance de sa culpabilité étouffe ses remords et lui offre la rédemption qui lui manque ; en révélant les dessous de l'affaire à la justice, Jérôme Gaillard semble avoir une attitude étonnamment naïve.

Comment l'imaginer ayant commis son meurtre, sur le gril depuis des semaines à mesure que l'affaire prend une ampleur nationale, se félicitant qu'on n'ait toujours pas retrouvé Magali malgré les recherches mises en œuvre ? À ce stade, tout est alors encore possible pour lui, des soupçons sans preuves ne suffisent pas, il peut passer entre les mailles de la justice, échapper au terrible ressentiment de ses enfants, rester libre, avec le temps qui joue pour lui. Un *cold case*, comme on dit dans le jargon de la police.

En attendant d'en savoir plus, c'est la consternation.

En ce dimanche matin, les deux boulangeries du bourg de Montfort-sur-Meu ne désemplissent pas, continuent de relater mes archives. *Les clients font la queue sur le trottoir et un prénom revient en boucle, celui de Magali Blandin. Depuis le mois de septembre, à cause de leur séparation, Magali, éducatrice pour enfants, avait choisi de vivre dans un appartement à Montfort-sur-Meu, au deuxième étage d'un petit immeuble de neuf habitations. Dans la commune, très peu de monde semble la connaître.*

« J'habite pourtant dans l'immeuble de l'autre côté de la rue, mais je n'ai jamais croisé cette dame. Sur les photos elle avait l'air très souriante », confie Roger, sa baguette sous le bras. Magali n'était pas du genre à « faire du bruit », comme on dit. « C'est fou de se dire que l'on n'a rien vu alors que tout s'est passé sous nos yeux, s'étonne Denise. Il est venu la tuer jusqu'ici et il est revenu dans la nuit, en plein confinement et alors qu'il y avait du verglas. Personne n'a rien vu ni rien entendu alors que ça s'est passé sous nos yeux, c'est incroyable ! » La septuagénaire est choquée par l'épilogue de cette affaire. « C'est d'une telle violence, c'est sordide. Quel genre d'homme peut agir comme

cela ? Et ces pauvres enfants qui perdent leur mère et leur père… »

Ému ou bouleversé, à Monfort-sur-Meu personne ne reste insensible aux dernières révélations concernant l'affaire Magali Blandin. La découverte du corps, les aveux du mari et les détails concernant la façon dont il l'a tuée ont choqué les habitants de cette commune qui en compte moins de sept mille. Certains expliquent que l'affaire s'est invitée de force autour de la table familiale, d'autres s'interrogent sur les motivations d'un tel crime, beaucoup s'inquiètent aujourd'hui pour les enfants.

Les quatre enfants du couple, âgés de 4 à 14 ans, ont été pris en charge par des psychologues, après avoir appris la mort de leur mère. Ils sont actuellement en famille d'accueil. Le corps de leur mère a été enterré sur la commune de Boisgervilly.

« Ça fait froid dans le dos de se dire que ce genre de drame conjugal peut se produire dans une famille qui semble à première vue très normale », dit Elisa.

« On n'a jamais autant parlé de notre commune, mais on aurait préféré qu'on en parle de façon plus positive, ajoute son conjoint Laurent. Je me suis réveillé cette nuit en pensant à elle. »

Environ cinq cents personnes se sont déplacées pour la cérémonie, poursuit *Ouest-France. Crise sanitaire oblige, seuls les proches ont pu se recueillir à l'église. Dans les rues de Montauban-de-Bretagne où le couple a longtemps habité, le sujet était aussi sur les lèvres ce dimanche. Pendant la messe, les fidèles ont même été invités à avoir une pensée pour cette ancienne habitante de la commune.*

Si j'envisageais sans mal le choc reçu par les villageois, personne ne semblait en mesure d'évoquer Magali. Elle était la victime. C'était sa seule identité, un mauvais casting où elle jouait le pire rôle, celui de l'inconnue par qui tout arrive.

Mais Magali ne mourrait pas...

Pas comme ça.

— Tu as un plan d'attaque pour aujourd'hui ? me lança Prince du Donjon alors que je finissais mon petit déjeuner.

Pharma Stoïque était partie travailler depuis longtemps, on avait un peu traîné sur le rhum vieux, quinze ans de vie à rattraper, enfin, j'étais sur le pont.

— Je vais aller voir les gendarmes, affirmai-je ; ils sont les premiers sur ma liste. Tu les connais ?

— Pas plus que ça.

— Ils ne vous ont jamais interrogés, vous ou quelqu'un que vous connaissez ?

— Je sais qu'ils sont passés à la pharmacie poser des questions. On ira ce midi, si tu veux. Pharma Stoïque a parlé de ton enquête à ses collègues, elles sont d'accord pour évoquer l'affaire.

— Bonne idée.

Mais, avant cela, j'avais rendez-vous avec la maréchaussée.

★

Ils étaient mes premiers témoins extérieurs, ceux que j'avais mis en haut de ma liste. Les gendarmes du cru pouvaient m'aider, voire me refiler des tuyaux de première main sur cette sombre affaire. Si ça se trouve, me disais-je, je tomberai sur un gendarme finaud qui a assisté à l'extraction du corps de Magali sous les yeux de son mari tueur, comme la policière du 11e arrondissement de Paris qui avait pris ma plainte pour une arnaque aux péages d'autoroute ; c'était pendant le premier confinement, on avait tous des masques qui nous empêchaient de nous voir, mais, malgré l'ambiance burnes du bureau en *open space* du commissariat, ses doigts filaient sur le clavier deux fois plus vite que les miens, sans faute, ses questions étaient tout aussi vives, ses yeux bleus envoyaient valdinguer les océans.

Comme la réalité dépasse souvent la fiction, j'avançai, ragaillardi, profitant d'une éclaircie pour marcher jusqu'à la fameuse gendarmerie de Montfort-sur-Meu, bien décidé à apprendre quelque chose, n'importe quoi. Las, je ne trouvai pas l'avatar de la policière parisienne au comptoir de la gendarmerie, mais un jeune gaillard en uniforme bleu ciel et marine, sympathique au premier abord, mais pas au point de vendre son âme aux diablotins.

— L'OPJ qui a mené l'enquête n'est plus là, assena-t-il sans ciller, et, de toute façon, on ne peut pas livrer les éléments de l'affaire sans autorisation du juge d'instruction.

— Je sais, oui, mais vous avez vécu les mois d'enquête ensemble.

— Chacun son poste.

— Affirmatif. Vous avez quand même dû passer par toutes les couleurs, entre les battues qui ne donnaient rien, le mari qui vient porter plainte contre les Géorgiens et se trahit, comme si vous n'alliez pas faire le rapprochement avec la disparition de sa femme, et puis le GIPN qui déboule pour arrêter les suspects, leurs révélations, la garde à vue de Jérôme Gaillard, qui finit par craquer après vingt-neuf heures d'interrogatoire, la découverte du corps dans les bois...

— Oui, mais je ne peux rien vous dire.

— Même pas le choc pour la population, vos doutes, ce qui vous a mis la puce à l'oreille ?

— Non.

— C'est pas marrant, votre boulot.

— C'est pas le but.

— Vous avez bien ressenti quelque chose : vous n'êtes pas un caillou.

— Non, mais je ne peux rien dire, à personne, c'est comme ça. Je peux prendre vos coordonnées et les transmettre à l'OPJ en question, mais je ne vous garantis pas qu'il vous réponde, abrégea le jeune gendarme en me tendant un bout de papier et un crayon qui ne valait pas mieux.

J'aurais pu écrire : « Merde à celui qui le lira », que ç'aurait fait le même effet.

— Merci, fit le gendarme, courtois.

— Et dites bien à votre officier de police judiciaire que je suis écrivain, pas un journaliste de CNews s'ils existent encore ; je ne viens pas remuer la fiente : un gars en mission locale !

— C'est ça : allez, à tatôt !

— Oui, m'emportai-je : à tatôt, comme on dit à New York !

Pas de gendarmette finaude.

Pas d'infos sur Magali, les recherches, le tueur.

La réalité ne dépasse pas toujours la fiction, malheureusement. C'est pour ça que j'écris.

« Je voudrais que la vie et le roman, ce soit différent ; or ça ne l'est pas.

— Si, Marianne, si : beaucoup plus que les gens ne le croient. »

Pierrot le fou, vu deux cents fois. Un autre drame passionnel, comme la rupture de Godard avec Anna Karina.

Fiction toujours.

Enfin, il restait le lieu du crime.

8

Flop flop flop

J'avais du mal à me repérer dans mon village d'enfance, mais je n'eus pas besoin de faire renifler un vieux doudou à ma monture nippone pour retrouver le lotissement où j'avais grandi : à trois cents mètres de ma première maison, une nouvelle construction, composée de deux petits immeubles, faisait office de logements sociaux, presque adossée à notre ancien quartier pavillonnaire.

Ce petit ensemble d'immeubles tranquille de Montfort-sur-Meu, à l'ouest de Rennes, baigne sous le soleil ce lundi 22 mars, m'informent mes archives. *Et pourtant, l'ambiance qui y règne est « pesante », selon le voisinage. C'est dans ces lieux, que Magali Blandin serait morte sous les coups de son mari, devant son appartement. Devant le lotissement, on ressent le « besoin d'en parler ». Des roses blanches ont été déposées sur une grille qui longe les escaliers, pour rendre hommage à la victime. Les regards sont graves.*

« C'est ignoble, souffle-t-on. On pense juste à ses enfants. »

Une minute de silence sera donnée pendant le conseil municipal.

Je me garai en bordure de la résidence, et son parking quasi vide de véhicules. La scène de crime. Ce qui frappe d'abord, c'est que le balcon du premier étage où résidait Magali est à la vue de tous : même de la rue, depuis ma voiture, je l'apercevais parfaitement. Cela induit que le tueur s'est caché dans un recoin du balcon, avec sa batte de base-ball, guettant la sortie de Magali tout en jetant un coup d'œil angoissé sur la route qui passe à quelques encablures, le rond-point un peu plus loin, et la toujours possible intrusion des voisins sur les lieux de sa préméditation – vous faites quoi, Monsieur, avec cette batte de base-ball ?

Il y a vraiment une chance pour les salopards : Magali est sortie en début de matinée à un moment où, non seulement les voisins n'ont rien vu ni entendu, mais où personne, ni à pied ni en voiture ou à deux-roues, ne passa à hauteur du balcon. Du moins n'a-t-on rien remarqué.

Combien de temps fallut-il au tueur pour escamoter le corps ? Un premier coup sur la tête alors qu'elle venait de fermer sa porte d'entrée, Magali qui tombe à terre, un deuxième coup de batte pour l'achever, puis prendre les clés dans sa poche, ouvrir la porte de l'appartement où la malheureuse avait cru se réfugier six mois plus tôt, tirer le corps de Magali à l'intérieur, refermer la porte à clé, enfin filer à l'anglaise, sans que personne ne remarque rien... Une, deux minutes ?

Mon vieux kart grimpa vers le lotissement tout proche, le premier de la ville, Les Grippeaux, où j'avais vécu mes huit premières années montfortaises, et j'eus un drôle de sentiment en retrouvant la petite maison avec jardin : rue Merlin-l'Enchanteur, j'avais même oublié le nom... Petit, tu es content d'habiter chez un magicien blanc.

Je n'ai jamais eu aucune nostalgie de l'enfance, j'ai toujours voulu vieillir pour être indépendant et faire ce qui me passait par la tête, mais je me revoyais à sept, dix, douze ans comme dans une autre vie. Je visualisai la fenêtre de la chambre que je partageais avec mon frère aîné (qui voulait me tuer plusieurs fois par jour, demandez-lui pourquoi j'avais le malheur d'être là), avec mes posters de félins et ceux des joueurs de Saint-Étienne (j'avais intérêt à être pour les Verts, en barioler mon coin comme un mur végétal, ou gare à mes animaux), nos jeux pas toujours très malins (une fois, sans raison, les copains et moi, on avait bombardé de terre la façade de la maison des vieux qui habitaient en face du quartier, nous faisant prendre très vite la main dans la bouillasse), la madeleine me proustait sévère, comme le jour où la grande sœur d'un copain m'avait embarqué à l'arrière de sa machine pour mon premier tour de mobylette (une bouffée de liberté magnifiée par la pilote dont, trop mioche pour elle mais déjà brellien, j'étais horriblement amoureux), les rendez-vous qu'on se donnait dans la rue, comme des grands…

Il était à peine 10 heures du matin. Bravant la pluie dans mon kart nippon, je fis le tour complet d'un Montfort que je ne reconnaissais décidément plus. Ronds-points, zones industrielles ou d'activités, bretelles alambiquées reliant la quatre-voies de Rennes, routes de campagne démembrées, les quatre mille nouveaux habitants de Montfort avaient créé un nouvel environnement où la DDE (Direction départementale de l'équipement) avait mis le paquet qui n'était pas forcément un cadeau. Enfin, je retrouvai les lieux familiers de mon enfance, à commencer par le fameux Cosec – complexe sportif évolutif couvert – et ses courts de tennis en GreenSet qui me transformaient en Jimmy Connors à Flushing Meadows – moi aussi j'avais un service très moyen, mais un revers du tonnerre et un jeu de jambes de 103 SP.

Le complexe sportif existait toujours, mais agrandi d'une piscine fort bien agencée qui attirait du monde malgré l'automne pluvieux où le vent décornait les sœurs alentour. Il y avait même des terrains de basket-hand relookés et, de l'autre côté de la route, un nouveau stade quasi olympique avec sa piste d'athlétisme flambant neuve, éclairés par des pylônes de Champions League – même si, bizarrement, aucun joueur ne shootait dans le ballon sous les spot-lights.

Si l'on mesure la popularité d'un sport à ses infrastructures, c'était fini, l'élan irrésistible des années 1980 où Noah avait poussé dans les pas de Borg (beurk), Connors (*Yes he can !*) et McEnroe (qui serait aujourd'hui viré du court dès le premier set pour injures répétées) ; le GreenSet du court de tennis avait été remplacé par un Quick qui avait pris la mousse, les grillages s'étaient tordus comme des ferrailles abandonnées au grand froid sibérien, il fallait être cascadeur pour grimper sur la chaise d'arbitre, et il n'y avait pas d'amoureux en train de se bécoter sur les bancs du changement de côté, qui tenaient à peine sur leurs pieds. On s'étonne après qu'aucun Français n'occupe plus le haut du classement ATP.

Le sport prenait une place prépondérante chez les jeunes de Montfort, l'école de la vie, comme on dit. Tennis, foot ou rugby, je me suis moins battu contre des adversaires que contre moi-même, ou alors quand ils dépassaient les bornes – les notables du village n'appréciant pas qu'on joue sur *leurs courts*, vexés qu'on se mette à les battre à plate couture, certains n'hésitaient pas à user de leur autorité face à des minots pour tricher de manière éhontée ; en fait de déstabilisation psychologique, les rascals nous motivaient dix fois plus.

Le terrain de foot qui faisait face au collège avait lui aussi fait peau neuve, avec des infrastructures loin de la pauvre buvette qu'on allait piller quand les parents étaient au Club Med… *Quid* de la culture, parent pauvre des budgets municipaux ? Je me souvenais d'une salle des fêtes bancale où les bretonnants organisaient leur fest-noz, et c'était à peu près tout. Mais, là encore, la mairie avait assuré : un théâtre stylé, une médiathèque squattant désormais l'ancien palais de justice avec une superbe girafe géante dans l'entrée à colonnes, et deux salles de spectacle poussées à la sortie de la ville, côté Boisgervilly. Quant au cinéma La Cane où je m'électrocutais avec l'appareil de Cheval de Fer, il était toujours là, 4 euros la place, et une programmation toujours aussi bonne – d'ailleurs Pharma Stoïque faisait les entrées comme bénévole, son rêve quand elle était petite.

J'errai vers la mairie, le lycée où j'avais travaillé l'été comme manœuvre l'année de mes vingt ans. Pas la meilleure année de ma vie. Viré de partout, bac par correspondance, deux heures de fac de psycho-socio (d'où mon bac + 2), le temps de s'inscrire et de faire coucou : le tour du monde me sauverait, mais je ne le savais pas encore, devenu écrivain malgré mes déboires scolaires. Quelle blague de me rendre dans les écoles pour prêcher la bonne parole aux élèves : « À l'inverse de la télé ou des écrans, vous sortirez moins bêtes d'un livre qu'en y entrant ! »

Rencontrer un ou une auteur(e) à l'école m'aurait fait gagner du temps, du moins donné une confiance que je n'avais pas quant à mon devenir d'écrivain. C'est ce manque que je comble en rencontrant les élèves d'aujourd'hui. L'objectif est modeste, essayer de faire un lecteur de plus, encourager ceux qui rêvent d'écrire ou le font dans leur coin, dans tous les cas leur montrer que la littérature est pour tous, vivante, et qu'elle rend moins con. Je suis allé dans beaucoup de classes, des prisons, des centres psycho-sociaux, des médiathèques d'Île-de-France et de province, puis, un jour, on m'invita pour une rencontre avec les jeunes lycéens de Montfort-sur-Meu.

Face à trente ou cinquante jeunes qui pensent à tout sauf à la littérature, s'imaginent que les écrivains sont vieux ou morts, ou pire, des élèves qui s'en foutent, il y a intérêt à mettre la gomme. Je leur confiai tout : non seulement j'avais construit leur lycée de mes mains à l'âge de dix-huit ans, me faisant traiter d'« étudiant », ha ha, par le chef maçon, un lycée qui s'était construit dans la foulée de mon départ à Rennes après la classe de troisième, mais je les plaignais sincèrement de devoir attendre trois ans minimum avant de filer à la ville. J'avais eu de la chance. Puis je leur parlai d'amour, de sexe et de drogue, dans un souci éducatif qui, ce jour-là, fut partagé par mes jeunes compatriotes du canton, à défaut du corps enseignant.

Un an ou deux plus tard, de passage chez un ami documentariste qui habitait non loin, son fils, présent lors de ma venue au lycée de Montfort, me confia que lui et ses camarades avaient « bien kiffé » notre échange, mais que je ne serais pas réinvité par le chef d'établissement.

Saperlipopette.

Tout cela était bien émouvant, mais l'enquête n'avançait pas. Dépité, je retrouvai Prince du Donjon, avec qui j'arpentai les rues du centre-ville. Les maisons cossues en pierre violette n'avaient pas bougé, elles étaient bien les seules, comme le marché près du lavoir, qui avait lieu tous les vendredis. Terribles, les langoustines. J'en étais là quand je croisai la mère de Girafe Tranquille, que je n'avais pas vue depuis vingt ou trente ans. Mais je me souvenais bien de sa fille.

Girafe Tranquille était une des rares copines de Montfort à jouer au tennis malgré l'époque Noah-Connors-McEnroe, une tour vu ma taille, blonde souveraine dont la voix grave et pondérée inspirait un respect presque d'adulte. Mais ce n'est pas sur les courts de tennis que Girafe Tranquille signerait ses exploits.

Montfort s'était retrouvé sur le devant de la scène lors des années Sarkozy et de la chasse aux sans-papiers. Une sale ambiance, les Français dressés les uns contre les autres, l'ombre du FN, il n'y avait pas de quoi être fier, jusqu'à l'évocation de mon village d'enfance à la radio. Quelle ne fut pas ma surprise d'apprendre que Girafe Tranquille avait troqué sa tenue de tennis pour celle de défenseuse des Maliens qui travaillaient à l'abattoir. Digne, elle exprimait la solidarité des gens de Montfort mobilisés pour la régularisation des Africains, partis loin de chez eux pour découper de la bidoche fraîchement abattue et permettre aux leurs de subsister. Mieux, Girafe Tranquille indiquait que les Maliens sans papiers étaient parfaitement intégrés, ils jouaient même dans l'équipe de football de la ville, précisant qu'ils n'étaient pas bons, mais qu'on les gardait dans l'équipe pour l'ambiance qu'ils mettaient dans les vestiaires – non, tous les Noirs ne courent pas vite, *idem* pour les clichés liés au manioc ou au rythme dans la peau.

Girafe Tranquille, la fille du banquier : gloire à toi, Montfort-sur-Meu.

Midi sonnant, on s'est rabattus sur les galettes-saucisses du marché, une volée entière que nous partagerions avec Pharma Stoïque et les employées de la pharmacie.

C'était la pause de midi, les derniers clients réclamaient leurs remèdes sans écouter leur ventre affamé jusqu'à ce qu'on les enferme dehors. La joyeuse équipe se moquait volontiers du nouveau système robotisé qui apportait les médicaments stockés dans une salle des machines bien sophistiquée pour une époque censée économiser l'énergie, comme si les jambes des employés n'étaient pas capables de marcher jusqu'aux stocks, ni leurs mains de se munir du produit demandé. En attendant, Pharma Stoïque et sa bande appelaient les clients qu'ils ne connaissaient pas par le nom de leur médicament préféré – Mme Doliprane, M. Viagra… Cela nous fit marrer un moment, vu le nombre de médocs ingurgités par nos compatriotes qui, au passage, feraient mieux de fumer du cannabis en écoutant de la musique ou en faisant l'amour, voire les deux – la drogue, c'est mal, croient toujours les vieux qui décident de notre sort, persuadés que l'herbe mène à la coke et à l'héroïne, à peu près comme Poutine veut nous faire croire que l'homosexualité mène droit à la pédophilie.

Enfin, évoquant le féminicide commis une année plus tôt sur leurs terres, les gaies pharmaciennes étaient au diapason ; aucune d'elles n'avait la moindre piste à me jeter comme un os entre les dents, pas même un clou de girofle si la victime avait eu mal.

— Personne n'a jamais vu Magali ?

— Non.

— Non.

— Non.

— Elle travaillait comme éducatrice à Rennes, expliqua la blonde rigolote qui riait le plus : elle devait aller à la pharmacie proche de son travail. En tout cas, Magali ne venait pas ici.

— Non.

— Non.

— Non.

— Non, pas ici.

Super.

Mais tout n'était pas perdu : un ami de Prince du Donjon, vieux routard du patelin, pourrait peut-être me donner des infos sur le meurtre.

*

Tabarly-sur-Meu habitait près de l'abbaye (où Polanski avait tourné des scènes de son film *Tess*), une belle et vieille maison qui changeait des laiderons néo-bretons de la région, avec dans le jardin, grimpé sur une remorque, un voilier que le sympathique sexagénaire avait construit de ses mains.

Ne buvant pas en journée vu ce que j'ingurgite le soir, je partageai avec lui un thé sage en parlant de l'affaire, de mon manque d'informations. Disert, Tabarly-sur-Meu raconta avoir reçu la visite des gendarmes après la disparition de Magali, laquelle, en cas de suicide, aurait pu emprunter les champs qui s'étendaient au-delà de sa maison, voire vers les Petits-Vaux-de-Meu et ses bois, dans la direction de Talensac. Une battue avait été organisée, avec chiens et hélicoptère, en vain.

Le tueur devait alors rire sous cape : sa femme reposait déjà six pieds sous terre, à l'exact opposé de la zone inspectée par les gendarmes.

Quant au lieu-dit des Petits-Vaux-de-Meu et aux bois où, jeunes adultes et tous les samedis après-midi, nous organisions des parties de foot, je ne pus même pas les atteindre : la route qui jadis y menait était devenue un cul-de-sac.

Étais-je dans une impasse ?

De désespoir, on est allés dîner au restaurant gastronomique de Montfort. C'est bien simple, en je ne sais combien d'années passées ici, c'était la première fois que j'allais au restaurant.

Il faut dire qu'à l'époque, à part les snacks du café des Oubliettes, les rideaux aux couleurs moches et délavées ne donnaient pas envie de pousser la porte des quelques restaurants. Là, on était loin du routier et du Père Nivet qui vous postillonnait sa bière arôme Gitanes Maïs à la gueule parce que vous n'aviez pas rentré votre maillot dans votre short, mais l'aviez laissé par-dessus, comme une robe. Le restaurant était plutôt stylé, les serveuses, alertes comme des suricates, la jeune patronne parlait de faire des travaux pour s'agrandir et de sa famille nombreuse, mais pas de Magali. Pas le profil de la clientèle.

Pharma Stoïque et Prince du Donjon profitèrent du dîner pour me donner le pedigree des clients présents ce soir-là, les « nouveaux » notables de la ville, qui avaient remplacé les médecins ou les amis de mes parents sans trop perdre au change – j'avais l'impression que c'étaient les mêmes, comme si toutes les petites villes de province avaient leur sociologie propre et immuable, avec une économie locale réservée à chaque CSP.

Tout avait changé et rien n'avait changé à Montfort-sur-Meu. À part qu'on y tuait des gens que personne ne connaissait.

*

Flop flop flop

D'ordinaire, je mène des enquêtes au long cours, documentées, les infos recoupées au cas où on viendrait me chercher des noises – un jour, lors d'une rencontre à Copenhague, alors que j'évoquais le rôle de l'armée française dans la formation des militaires argentins qui allaient torturer les disparus avant de les jeter vivants des avions, une pratique expérimentée en Algérie avec des hélicoptères, l'attaché culturel de l'ambassade de France s'est insurgé contres mes propos ; eh bien si, c'était aussi ça, la France, il le savait très bien, le fourbe, ou c'était un ignare qui n'avait jamais ouvert un livre d'histoire depuis les Carolingiens.

Pour le cas de Magali, les choses étaient différentes : quelques archives, mais pas de témoins, du moins aucun qui acceptait de me répondre, pas de pistes inexplorées, de rendez-vous avec des proches du drame comme j'en trouve pour mes romans, et je sentais bien que ce n'était pas en m'installant un ou six mois à Montfort que j'allais briser la glace.

Pour couvrir mes arrières, j'avais demandé à Valky Rit de jouer les entremetteuses avec les journalistes de *Ouest-France* qui avaient couvert l'affaire. Tâchant de faire concorder nos emplois du temps, nous étions convenus de nous retrouver dans un bar proche de la rédaction du Pré-Botté, où ils finissaient leur travail.

Un vendredi soir à Rennes, à l'heure de l'apéro : hum...

Nous voyant trop peu depuis des années, Valky Rit n'ayant pas non plus la langue dans sa poche, on but deux-trois verres en attendant les collègues, le temps pour un DJ d'installer son matériel dans le bar de la rue Vasselot, déjà pas bien grand. Ça risquait d'être bruyant, notre interview.

— J'espère qu'ils ne vont pas tarder ! m'impatientai-je en refaisant les niveaux.

— Qu'est-ce que tu dis ?!

— J'ESPÈRE QUE TES COLLÈGUES NE VONT PAS TARDER !

Le hip-hop-rap-cumbia-dance vrombissait des enceintes perchées juste au-dessus de nous. Notre table était la dernière encore à demi désertée, on refusait de refiler nos chaises à ceux qui s'entassaient autour de nous, on allait se faire déborder ; enfin les journalistes arrivèrent, Mitraillette Passionnée, Drôle à Cuire et les autres, au compte-gouttes au milieu du tintamarre. Certains étaient de garde à la rédaction, ils ne pouvaient rester qu'un quart d'heure, mais tâcheraient de revenir boire un verre, après leur garde, une autre fait-diversière avait ses enfants à la maison, tous m'expliquaient à quel point cette affaire de féminicide les avait tenus en alerte, comment le procureur les avait baladés alors que le mari soupçonné était sur écoute et que rien ne devait fuiter, les hypothèses, les anecdotes que je cherchais, ils avaient mille choses à m'expliquer, mais la musique était si forte qu'on devait crier pour s'entendre.

Ayant abandonné l'idée d'enregistrer leur témoignage sur mon smartphone depuis l'arrivée des infra-basses, je bus avec eux en rythme. Les journalistes du premier quotidien de France s'éparpillèrent au fil de leurs obligations nocturnes, et s'en furent bientôt, pompettes, sous les hourras d'une foule avinée qui n'avait rien suivi de l'affaire.

Je n'avais même pas griffonné un nom sur mon carnet d'enquête, mollasson après les giclées de bière et de vodka.

Une enquête en Bretagne : j'avais prévenu Poupée de Sang.

9

Atout Maître Gai

On a tout écrit sur David Bowie, génie de la vie absolue, sauf peut-être son impact sur Montfort-sur-Meu.

En 1980, à part mon frère qui flirtait avec la coupe mulet des hard rockers métalleux, tout le monde aimait (déjà) l'étoile londonienne aux mille visages. Son nom seul était magique : David Bowie. À son évocation, les pupilles des filles avalaient des comètes, celles des garçons, des couleuvres, comme quoi nous n'étions pas si mal non plus. Grâce à Bowie, ne comptez pas sur moi pour porter des bermudas en été, encore moins des sandales, des tongs même à la plage, du beige assorti au marron, des mocassins, des sabots pendant qu'on y est. Bowie imposait l'élégance, la nouveauté et la classe sous les masques de ses personnages, l'art multiforme et sans limites, et si notre guide portait des robes, tout était possible.

On était « branchés » à Montfort-sur-Meu, sans complexes, tant nous grouillions de curiosité, les homosexuels n'étaient pas discriminés, on riait avec eux quand ils s'amusaient à marcher sur un fil comme les mannequins à la télé, je vivais la sororité tous les jours avec mes copines sans qu'on *cancel* notre culture de la mixité, ploucs de compétition, qu'on soit enfants de notables ou de paysans. Personne n'était le bouc émissaire de la cour, la religion était cantonnée à « l'école des bonnes sœurs », l'établissement privé près de la mairie, bizarrerie dont on ne savait pas s'il fallait plaindre les élèves ou les inviter à fumer des cigarettes près du lavoir. Dans les années 1980, nous étions à des années-lumière de Samuel Paty, du prosélytisme religieux dans les cours d'école et de l'autocensure républicaine pour-ne-pas-faire-de-vagues. Le culte de l'identité se résumait à en trouver une, de préférence originale, punk, funky ou baba cool, sans l'imposer aux autres.

Rue de Gaël, automne 2022 : l'« école des filles » où j'allais à vélo avait changé de nom, c'était dommage par les temps qui courent (moi, maire de Montfort, je l'aurais rebaptisée l'« école du club des filles »), mais c'est surtout le collège Louis-Guilloux qui m'intéressait. Non pas pour l'ennui et la rage que mes années là-bas m'avaient procurés, mais parce que les enfants de Magali étaient élèves là-bas.

D'après mes archives récoltées sur Internet, âgés de quatre, sept, douze et quatorze ans, les enfants du couple, séparé depuis septembre 2020, avaient été placés dans un lieu tenu secret à la découverte du corps de leur mère, une équipe médico-sociale s'étant chargée de leur annoncer le dénouement tragique…

Je remontai vers les bâtiments, constatai qu'ils s'étaient agrandis de manière spectaculaire. Fini les classes de préfabriqué pourri où vous regardiez la campagne, prisonnier d'une mélancolie dont vous ignoriez l'existence : la modernité était passée en trombe sur le collège de Montfort, avec ses panneaux de basket dans la cour, ses espaces verts et ses bancs, mais je n'allai pas loin ; l'accès au collège était dorénavant interdit à moins de cent mètres, bloqué par des grilles austères. Une ambiance Vigipirate, avec mirador et vidéosurveillance…

Une nouvelle impasse, qui commençait à me soûler.

J'en parlai à Poupée de Sang, qui veillait de loin sur mes pérégrinations.

— Elle est toute pourrie, mon enquête.

— Mais non, au contraire, tu es comme les gendarmes de Montfort qui cherchaient le corps de Magali ; il faut du temps pour dénouer les fils et trouver la bonne piste !

— Tu crois ça ?

— Carrément, tu veux dire !

On peut raconter ce qu'on veut sur les éditrices, elles sont super.

Et puis il restait Maître Gai, le notaire de Montauban-de-Bretagne, où Magali avait vécu des années avec le tueur et sa famille…

⋆

Montauban-de-Bretagne. Rien qu'au nom, tu sens qu'il va se passer quelque chose.

De fait, tandis que je venais de garer mon kart nippon dans la cour de sa propriété, Maître Gai pestait contre son fils de vingt ans qui, louant une voiture pour avoir plié la sienne la semaine précédente lors d'une soirée avinée, venait d'abandonner ladite voiture de location dans un fossé nocturne et, craignant qu'on lui fasse souffler dans le ballon, était rentré à pied se coucher sans prévenir personne ; les gendarmes étaient venus le matin même chez le notaire, ils se connaissaient bien depuis le temps que la famille faisait des siennes, du genre : « Alors, c'est pour quoi, cette fois-ci ? », le tout raconté à moitié mort de rire malgré la débâcle du fiston.

Mon vieil ami notaire est un être gai, « gros déconneur » à ses heures, c'est aussi ce qui fait son charme.

Maître Gai commença par me proposer à boire, midi, c'est l'heure de l'apéro, avant d'aller déjeuner au restaurant gastronomique local, à deux pas de chez lui. Maître Gai régala comme à l'accoutumée, s'enquillant un ou deux grands crus, et puis un petit cognac pour faire passer la côte de bœuf. La première fois que je l'ai vu au Pouldu, où nous passions nos vacances en bande, il était habillé en Hulk, tout vert, et on voyait bien que ce n'était pas qu'un déguisement pour la soirée à venir. Le renard ne pouvait jouer que demi de mêlée, petit, musclé, roublard, fouteur de merde, un gars toujours au rendez-vous et qui ne prenait pas les choses très au sérieux.

Supputant qu'un notaire en savait long sur les hommes et les femmes qui composent son territoire, Maître Gai me confirma : bien sûr qu'il avait entendu parler du féminicide, la famille du tueur habitait ici. Mais il ne les connaissait pas personnellement.

Je ne voulus par croire à un nouveau cul-de-sac, le canton n'est pas si grand, le notaire avait dû oublier quelque chose.

— Ils n'ont pas acheté ou vendu des trucs ? demandai-je.

— Non, la famille avait une longère qu'ils ont laissée à leur fils pour qu'il s'installe avec sa femme et leurs quatre enfants.

— Tu n'as jamais eu affaire à eux : ni à Magali ni à son mari ?

— Ni à ses parents, non. C'étaient des gens discrets, qui restaient en famille sans tellement se mélanger. Sans trop d'amis non plus.

— L'inverse de nous, quoi.

— C'est sûr que si quelqu'un veut nous liquider, ce n'est pas les témoins qui vont manquer, fit le notaire pour me remonter le moral.

— Et les Géorgiens impliqués dans le meurtre ? m'enflammai-je. Il paraît qu'il y a une diaspora par ici ?

— Ah bon ?

— À Montauban, il paraît.

— Il y avait bien les gars à qui Gaillard louait ses garages, mais pas de quoi envahir l'Ossétie.

— Des Géorgiens n'ont rien acheté dans la région ?

— C'est plutôt nous qui allons acheter des maisons ou des appartements sur la côte géorgienne : j'ai un contact là-bas, il y a de bons investissements à faire.

— Je dépense mon argent.

— Tu as raison. Mais on va quand même faire un tour dans le coin : je vais passer deux-trois coups de fil à des gens, on va bien trouver des infos sur Magali et sa belle-famille. Tiens, je te ressers un verre ?

Deux amis en campagne, et Maître Gai connaissait bien celle de Montauban-de-Bretagne.

Jérôme Gaillard n'était pas très connu dans la commune, confirme *Ouest-France. Henri, son voisin le plus proche, évoque un homme gentil. « Je le connais depuis qu'il est tout petit. On se voyait de temps en temps. On se disait bonjour. Je voyais ses enfants jouer dans le jardin. » Mais depuis plusieurs semaines, Henri n'a plus de nouvelles. La maison de son voisin est vide. Seul son chien, abandonné dehors, attend son retour. Du jour au lendemain, Jérôme Gaillard a effectivement quitté sa maison fin février après, dit-il, avoir été menacé. Il avait rejoint le domicile de ses parents, âgés de 72 et 75 ans, pour se protéger de la « pression autour de cette affaire et des médias ».*

Depuis son 4 × 4 où nous étions grimpés, l'ami notaire me montra la longère de la famille où Magali avait vécu, avec ses fameux garages loués aux Géorgiens, mais un portail fermé en interdisait l'entrée. Nous prîmes donc la route empruntée par Jérôme Gaillard lorsqu'il avait caché le corps.

La campagne était verte et humide en ce mois de novembre, avec des corps de ferme en activité ou non, des pavillons qui faisaient fuir, des flaques d'eau, les rares voitures croisées qui rendaient le salut de Maître Gai – « C'était le Père Pinot, je lui ai vendu sa grange l'année dernière, à des gens qui veulent en faire une maison d'hôtes » –, le notaire veillait sur ses ouailles. Finalement, j'aimais bien ce moment de cambrousse, ces tracteurs crottés, ces chiens qui vous regardent passer comme des cosmonautes les pieds dans la bouillasse, la plouquerie de ma jeunesse était presque poétique à défaut d'être bucolique, le 4 × 4 de Maître Gai crachant un gasoil de Panzer fendant les Ardennes comme des bûches.

— On va s'arrêter boire un coup chez Accent Brave : il m'a dit qu'il connaissait un peu la famille du mari.

Accent Brave était à la retraite, mais pas son accent, un gallo que je n'avais jamais entendu si prononcé, presque méridional, carrément rigolo. Le sexagénaire connaissait vaguement les parents du tueur, côtoyés plus tôt dans sa jeunesse. Pas grand-chose à en dire, les parents avaient d'abord travaillé par ici comme métayers, puis comme éleveurs de bovins ; ils étaient aujourd'hui à la retraite, ils avaient eu un fils qui était resté sur place, à Montauban, on ne les voyait pas, ils vivaient entre eux, en famille, oui. Accent Brave et sa femme ne savaient rien de Magali, juste que son cadavre avait été enterré à un kilomètre de là, dans les bois, un chemin à droite d'un corps de ferme.

Je pensai un instant au tueur, qui avait pris le risque de cacher la dépouille de sa femme à proximité de chez lui, une poignée de kilomètres qui pouvaient alimenter les soupçons des enquêteurs : le meurtre commis à Montfort, enterrer le corps près de la longère de son mari en instance de divorce relèveraient d'un très curieux hasard...

On a roulé jusqu'au chemin indiqué, à droite au niveau d'un corps de ferme à l'abandon.

On peut se moquer des 4 × 4, parfois ça sert : on aurait fini embourbé avant d'atteindre le bosquet choisi par Jérôme Gaillard. Il aurait été assez ironique de voir le véhicule utilisé cette nuit-là bloqué dans la boue : si sa femme avait été dans le coffre, qu'aurait-il fait du cadavre ? Et de sa voiture ? L'appel à une dépanneuse aurait laissé des traces, comme l'aide d'un tracteur parmi le voisinage. Mais il faisait froid et sec en ce mois de février, la neige était tombée, figeant la bouillasse.

Après avoir laissé le cadavre de sa femme toute la journée dans l'appartement, Jérôme Gaillard est revenu la nuit suivante, retracent mes archives. *Il a effacé méticuleusement les traces de son crime et a emporté le corps de sa femme pour l'enterrer dans une forêt enneigée et dans un trou creusé au préalable et par ses soins, avant de recouvrir la dépouille de chaux vive.*

L'assassin avait dû porter le corps jusqu'au trou creusé une nuit précédente, piochant des heures et des heures dans une terre dure et froide alors que la France était de nouveau confinée, avec couvre-feu le soir. Prendre la route de nuit vous exposait alors aux gendarmes qui, même s'ils n'inspectaient pas le coffre du véhicule interdit de circulation, auraient le nom du conducteur, le jour et l'heure de l'infraction sur leur PV, faisant du mari un suspect en puissance. Le tueur avait surtout sué sang et eau en pensant au meurtre qu'il allait commettre, à cette femme qu'il avait aimée au point de lui donner quatre enfants dont il était en train de creuser la tombe, une tombe sans sépulture, ça lui ferait les pieds : quelles colère et haine avaient pu prendre le pouvoir sur son âme crispée, obnubilée par la vengeance, la punition, ne supportant pas qu'on lui résiste, au point de tuer ?

Il doit en passer, des images, quand on creuse la tombe de sa femme, d'autant qu'elle était profonde, insondable pour les chiens, dix à quinze heures de travaux forcés avec la peur de se faire prendre, les mains pleines d'ampoules pour qui ne pratique pas un travail manuel et qu'on frappe dans une terre dure comme du caillou.

Le meurtre commis, la dépouille attendant dans l'appartement de Montfort qu'on le transfère dans les bois à quelques kilomètres de là, le tueur a dû prier tous les saints pour que personne ne le voie porter le corps jusqu'au coffre de sa voiture – il fallait descendre le petit escalier du premier étage avec une charge de cinquante kilos, puis le hisser dans la voiture aux yeux de tous, avant de filer à Boisgervilly –, jusqu'à ce trou qu'il retrouvait pour y traîner le cadavre de sa femme.

Le mari tueur avait dû retourner vers la voiture garée le long du bois, prendre le sac de chaux vive dans le coffre, recouvrir le visage et le corps de Magali de poudre corrosive, la défigurer jusque dans la mort, puis balancer des pelletées sur la dépouille, combler le trou, aplanir, prier encore pour que la neige continue à tomber, que l'objet de sa vengeance disparaisse à jamais…

Quel sentiment avait-il en rentrant chez lui ? Le soulagement ? La peur d'être pris ? L'excitation d'avoir réussi à commettre un meurtre sans se faire prendre, et à cacher le corps dans un endroit quasi impossible à découvrir ?

Après les aveux du tueur présumé lors de sa garde à vue, son avocat a déclaré à la presse : « Mon client s'est retrouvé dans une impasse psychologique, il n'a pas supporté le départ de Magali. »

En clair, Jérôme Gaillard s'est vengé de sa femme parce qu'elle voulait le quitter. C'est-à-dire qu'il a considéré, échaudé, mais froidement, que Magali n'avait pas le droit de vivre sans lui. Il ne supportait pas que son ex-compagne pût être libre. Que la femme qui lui avait donné quatre enfants fasse un choix déterminant dans sa vie, et dans la leur, en disposant de son libre arbitre, ce bien si précieux qui définit nos trajectoires, le mouvement même de nos existences qui nous éloigne du déterminisme social, des religions ou de l'obéissance aveugle ou forcée. Jérôme Gaillard a refusé pour deux, décidé pour deux, détesté pour deux. Magali qui était si discrète n'avait pas le droit d'apparaître au grand jour : pas le droit d'être, en somme.

La possession, comme si nous étions des objets…

On ne devinait plus rien de la tombe de Magali ; vingt mois d'intempéries étaient passés sur le bosquet de Boisgervilly, la broussaille avait repoussé autour des arbres et les feuilles recouvraient le sol odorant de l'automne. Non, je ne sais pas ce que pensait l'auteur du crime en revenant chez lui sain et sauf ; mais aux semaines passées à jouer au chat et à la souris avec les enquêteurs, le tueur n'avait aucun remords.

De l'aveu même d'un gendarme à la presse, « son crime aurait pu être parfait ». Sauf que Jérôme Gaillard a commis une erreur de taille : il a mis d'autres personnes dans la confidence.

10

Les Géorgiens

Le 14 mars, relatent les archives tirées de la presse, *après des investigations relatives aux déclarations surprenantes de Jérôme Gaillard, suivies de l'identification et de la localisation des Géorgiens, une opération de police judiciaire conduite avec l'aide du GIGN a permis l'interpellation de quatre Géorgiens. Trois hommes et une femme. L'un des suspects, un homme, principal interlocuteur du mari, serait aussi impliqué dans « le complot criminel », selon le procureur.*

Cet individu, dont la présence à proximité du domicile de Magali Blandin est prouvée, a été mis en examen pour tentative d'extorsion en bande organisée et meurtre en bande organisée, et placé en détention provisoire. Sa compagne, née en 1996 en Géorgie, et un complice, né en 1975 en Géorgie, « très connu de l'institution judiciaire, sorti de prison en début d'année », ont été mis en examen pour « tentative d'extorsion en bande organisée ». Elle a été laissée libre sous contrôle judiciaire tandis que lui a été écroué.

L'époux de la disparue de Montfort-sur-Meu, mis en examen pour meurtre par conjoint, est aussi poursuivi par la justice pour avoir demandé aux Géorgiens de tuer sa femme moyennant une somme de 20 000 euros à l'automne 2020.

Les Géorgiens réfutent tout lien entre cet argent et la mort de la quadragénaire ; en possession d'un enregistrement dans lequel Jérôme Gaillard affirmait son intention de tuer sa femme, ils auraient tenté de le faire chanter, lui réclamant 15 000 euros. Ils sont également poursuivis pour « destruction de la preuve d'un crime pour faire obstacle à la manifestation de la vérité ». À la demande de Jérôme Gaillard, l'un d'eux aurait détruit la voiture ayant servi à transporter le cadavre de Magali Blandin.

Est-ce à dire que le tueur s'est senti contraint de tuer lui-même sa femme ? Qu'il a d'abord proposé de l'argent à ses voisins géorgiens, lesquels auraient refusé, avant de le prendre à son propre piège ?

La location des garages de campagne suffisait-elle à Jérôme Gaillard pour vivre ? Le salaire d'une éducatrice spécialisée est modeste, de quoi nourrir sa famille, mais Magali pouvait mal subvenir à tous les besoins. Sans profession, son mari semblait trafiquer des voitures tout en louant ses garages à ses voisins géorgiens, un petit business non taxé qui a pu lui permettre de remettre la prime à la mort.

15 000 euros : c'est le prix de Magali ?

D'une femme ?

Jérôme Gaillard s'est-il fixé une échelle de prix ?

Ou alors s'est-il simplement posé la question : combien doit-on débourser pour faire tuer quelqu'un ? S'est-il dit que 15 000 euros était un prix correct pour des Géorgiens vivant de petits trafics et d'expédients ?

Jérôme Gaillard leur a proposé l'argent. Sans doute était-il aussi au courant de leurs relations avec le « milieu » de Rennes, les quartiers Sud où se concentre l'immigration turque et arabe, des Balkans ou du Proche-Orient ; il s'est dit que le fait que ses voisins géorgiens ou d'autres se chargent de la besogne ne changeait rien, ils s'arrangeraient entre eux avec l'argent, l'essentiel était que Magali disparaisse – à jamais.

Un meurtre collectif, en somme, avec lui comme simple commanditaire, ce qui pourrait atténuer sa culpabilité.

Magali, objet de troc. Magali déshumanisée. Magali jouant le rôle de la victime dans le crime imaginé par son mari, les Géorgiens, le rôle des hommes de main. Un scénario bien huilé dans l'esprit du tueur.

Sauf que ça n'a pas marché comme ça. Les Géorgiens se sont retournés contre lui. Des petits malins, à qui on a pu souffler l'idée : plutôt que de prendre le risque de tuer la fille, pourquoi ne pas faire chanter son mari, en enregistrant sa demande ?

Les Géorgiens ont piégé l'ex de Magali, qu'ils connaissaient forcément, puisqu'ils avaient été voisins pendant des années avant qu'elle parte à Montfort. Pleutre, naïf, Gaillard s'est jeté dans la gueule du loup. Il était facile de le faire parler, un simple téléphone et les Géorgiens lui feraient cracher le morceau, souriant en dedans à mesure que le commanditaire envisageait le meurtre. Ils ont dû se moquer de l'imbécile, avant de le balader et de donner une fin de non-recevoir à sa demande.

Quel a été alors leur rapport, sachant que les Géorgiens louaient les garages à quelques dizaines de mètres de la maison ?

Jérôme Gaillard devait se sentir penaud, ses salauds de voisins savaient qu'il voulait se débarrasser de Magali, mais il ne pouvait pas les forcer ; dans tous les cas, il n'avait plus confiance en ceux à qui il s'était livré, et avec lesquels il s'était entretenu plusieurs fois au sujet du meurtre. Gaillard n'avait pas de plan B, ce n'était pas un truand, une brute qui offrait ses talents à des petits chefs criminels, un soldat aguerri, ni un homme rodé aux armes ou aux éliminations d'êtres humains. Il s'est pourtant chargé lui-même de Magali.

On n'est jamais mieux servi que par soi-même, et au moins ses complices ne risquaient pas de le trahir, il agirait seul et emporterait son secret dans son tombeau, ou celui de son ex.

Ainsi Jérôme Gaillard est-il devenu tueur.

*

Poupée de Sang me fit un premier retour du texte que je lui avais confié – en chantier, on était d'accord –, et de nouvelles pistes narratives virent le jour. J'avais saboté celle des fait diversiers de *Ouest-France* pour cause de bordel acoustique dans un bar de Rennes, rendant leurs témoignages inutilisables, une bonne raison de retourner sur les lieux du crime, mais cette fois-ci avec un véritable plan.

Valky Rit me donna les mails des journalistes, puis je pris rendez-vous avec deux d'entre eux, à Rennes, un vendredi également mais le midi, rapport aux bruits de la boisson.

Si c'est pas du français, c'est du breton.

Le TGV Atlantique est presque trop rapide : en une heure et demie on a à peine le temps de lire en regardant passer les voitures et les vaches. Hormis la péniche ou la voile, le train reste quand même le mode de locomotion le plus agréable si on a le dos trop cassé pour rouler à moto avec sa bande d'*Easy Rider*.

Il faisait beau ce vendredi de janvier, tant que je bus un café en terrasse en attendant que deux fait diversiers, Mitraillette Passionnée et Drôle à Cuire, sortent du palais de justice qui les retenait. On s'est retrouvés pour déjeuner dans un restaurant japonais près de la rédaction du Pré-Botté où les enceintes n'étaient pas près de trembler : il n'y avait même pas de son, sinon celui, dissonant, des couverts dans les assiettes. Habile.

Mitraillette Passionnée arriva la première, à fond comme je l'avais quittée un mois et demi plus tôt, bientôt suivie par Drôle à Cuire, son binôme fait diversier, tous deux assez complices pour se chambrer à tour de bras – l'un avait toujours un coup de retard, une info ou un indice que l'autre n'avait pas capté, des pros des petites affaires humaines qui n'en manquaient pas (d'humanité).

Ce n'était pas le cas des criminels qu'ils traquaient dans leurs pages.

— Bon, maintenant que je peux vous enregistrer calmement, qui commence ?

— Vas-y, toi.

— Je t'en prie.

— OK… Jérôme Gaillard avait une avocate, liée à sa procédure de divorce avec Magali. C'est à elle qu'il a dit, alors que sa femme venait de disparaître, qu'il aurait besoin d'un avocat ; déjà, c'était bizarre.

— Pourquoi ne pas avoir gardé sa première avocate ?

— Parce qu'elle s'occupait des affaires familiales, et que Gaillard avait besoin d'un pénaliste. Comme s'il savait qu'il allait bientôt en avoir besoin.

— L'avocate ne lui a pas posé de questions ?

— Je ne sais pas, je ne la connais pas. Mais elle lui a recommandé un pénaliste – ce qu'il faut dans une affaire du genre –, Affaire Sensible, qu'elle lui a présenté. À ce moment-là, Gaillard n'était pas inquiété, ni soupçonné. Du moins, il le croyait.

— Ils se sont donc rencontrés avant sa garde à vue ?

— Oui.

— Pour parler de quoi ?

— J'ai le contact d'Affaire Sensible, il te racontera.

— Gaillard ne devait pas être très sûr de son coup s'il cherchait déjà à couvrir ses arrières avec un pénaliste.

— Sans doute. En tout cas, quand il a été arrêté, il a naturellement appelé son avocat plutôt qu'un commis d'office, comme cela arrive quand votre casier est vierge. C'était son cas. Affaire Sensible est donc venu prêter main-forte à Gaillard lors de sa garde à vue, le soir, je crois, et il a assisté à toutes les auditions. Notamment au moment où son client a craqué.

— L'avocat de Jérôme voudra bien me parler ? Parce que les gendarmes de Montfort, laisse tomber.

— Peut-être. J'ai aussi le contact de l'OPJ qui a mené l'enquête, répondit la fait diversière.

— Il travaille en région parisienne aujourd'hui, non ?

— Oui, mais qui sait, peut-être qu'il sera d'accord pour te parler. En tout cas, Affaire Sensible a assisté Jérôme Gaillard durant la garde à vue jusqu'à la découverte du corps. Il était là quand ils ont déterré Magali. Il te racontera la scène, c'était la nuit, il y avait plein de jeunes gendarmes, c'était éclairé par des néons...

— Ces jeunes gendarmes étaient en stage, commenta le binôme, ils n'avaient pas beaucoup d'expérience, quand leur chef leur a dit : « Bon, ce soir, vous allez faire une mission particulière. Prenez vos pelles et vos pioches. » C'est eux qui ont découvert le cadavre de Magali enveloppé dans un drap.

— On sait ce qui a fait craquer Gaillard ?

— Avec les témoignages et l'enregistrement des Géorgiens, les soupçons l'écrasaient. L'avocat a dit à Gaillard : « Pense à tes enfants. » Alors il a vrillé.

— D'ailleurs, on a mis ça dans notre article, genre : « 23 h 32, il craque. »

— Oui, mais, avant cela, ils ont mangé ensemble, Gaillard, l'avocat pénaliste et les gendarmes qui l'interrogeaient. Ça crée un lien de confiance, une proximité, comme si tout le monde était à la même enseigne ; plus tôt on aura fini, mieux ce sera pour chacun. C'est comme ça qu'après des heures de garde à vue, Gaillard a demandé une pause avant de leur annoncer : « OK, je vais tout vous dire. » Il a avoué le meurtre de Magali et leur a montré l'endroit où il l'avait enterrée.

— Il y avait quatre voitures de police, qui sont venues depuis Rennes.

— Et Magali, vous avez obtenu des infos sur elle ? Comment elle était avant que son ex la tue ?

— On a très peu de photos d'elle. Ses collègues à Rennes la connaissent, c'est tout. On a fait tous les commerces de Montfort, mais personne ne la connaissait.

— Moi aussi, j'ai fait chou blanc.

— Pas très étonnant.

— Vous êtes des spécialistes des faits divers : comment avez-vous appris l'affaire ?

— Je me souviens du dimanche où j'étais de permanence, le week-end, on est trois : je fais ma tournée vers 17 h 30, j'appelle la compagnie de Rennes, de Montfort et des environs. Bref, ce jour-là, le commandant de Rennes me dit : « Écoutez, on recherche une femme, en fait depuis plusieurs jours, une mère de famille. »

— Le meurtre a eu lieu le jeudi.

— Oui, mais le gendarme me donne très peu d'infos. On publie un article très court de vingt lignes à peine, sans photo, disant qu'une femme avait disparu, sans son signalement, mais que des recherches étaient en cours, avec des gendarmes à pied, des hélicos, des patrouilles.

— Beaucoup de monde pour une simple disparition.

— Oui, mais, à ce moment-là, aucun média ne reprend l'info. C'est le genre d'info déshumanisée, pas de détails, pas de noms, le genre d'article que tu peux voir partout dans la presse régionale.

— Alors je repasse l'info à Drôle à Cuire. J'avoue que, sur le coup, ça n'a pas retenu mon attention plus que ça.

— Tu disais qu'elle s'était barrée, fit son binôme. Moi, j'étais déjà presque sûr qu'il s'était passé un truc.

— Les hélicoptères pour rechercher une femme, ça ne doit pas être si fréquent ? observai-je en faisant la trempette avec mes sushis.

— Si, l'hélico est souvent de sortie ; on a une section de gendarmerie à Rennes, équipée. Même pour des petits vieux qui ont Alzheimer, ils le sortent. Ils ont du matériel perfectionné qui peut repérer les masses thermiques et qui permet du survoler un espace énorme : les champs, les bois, pour eux, ça va très vite.

— Le fait que Magali ne vienne pas chercher ses enfants vous met quand même la puce à l'oreille.

— Oui, mais il y a toujours la possibilité qu'elle se soit suicidée : elle est en instance de divorce, elle est suivie par un psy, le corps n'a pas été retrouvé...

— Le jour du meurtre, les enfants sont où ? demandai-je.

— Chez Gaillard, je crois. Il les a laissés, mais ils ne se sont pas réveillés.

— Imagine que l'un d'entre eux ait eu un problème, qu'il ait fait un cauchemar ou cherché le réconfort de son père et ne l'ait pas trouvé ?

— C'est le risque... Bref, dès le lundi suivant l'annonce de la disparition de Magali, je vais sur place, vu les moyens employés par les gendarmes, qui ont flairé le coup : c'est très rare qu'une femme ne vienne pas chercher ses enfants en bas âge, surtout si elle n'a pas d'antécédents judiciaires, ou qu'elle n'est pas suicidaire, ou malade, ou qu'elle a perdu la garde de ses gamins. Magali et Jérôme avaient la garde partagée, mais ce jeudi-là elle n'est pas venue les chercher à l'école. C'est le père qui l'a fait.

— Pour les ramener à Montauban.

— Oui. Mais si les gendarmes se doutent de quelque chose, ils ne nous le disent pas. Le jeudi, le jour de sa disparition donc, Magali avait rendez-vous chez son psy, confirmé la veille ; après, elle devait aller chercher ses enfants. Mais il neigeait. Et la neige ici, trois millimètres, c'est la panique. On se dit que c'est bizarre : Magali est-elle partie se balader, au milieu du froid et des flocons ? On ne pense pas encore à un meurtre, mais là, grosse recherche : une battue avec les gens de Montfort, avec la famille de Magali.

— Le mari n'était pas là ?

— Non. Comme à chaque fois dans ces cas-là, on essaie de parler à la famille pour qu'ils nous racontent qui est cette femme, avoir des éléments. Sauf que les gendarmes nous demandent de ne pas aller au contact de la famille, de les laisser tranquilles, ils ne sont pas bien… Ils cherchent, nous aussi on cherche de notre côté, dans les champs, les bois ; il y a aussi des militaires venus en renfort, un escadron, cinq plongeurs de la gendarmerie aussi pour draguer le Meu.

— Et le Garun, le terrible affluent, ajoutai-je.

— Pas une partie de plaisir ; la température de l'eau n'excède pas les cinq degrés. Des plongeurs de la brigade nautique sont venus de Nantes et de Saint-Gilles-Croix-de-Vie, en Vendée, avec des combinaisons, des bouteilles et deux pneumatiques servant à tirer le matériel durant leur progression. Ils avancent en ligne : un plongeur de chaque côté de la rivière et trois autres au milieu, qui explorent le fond à la recherche d'un corps ou d'indices. Les fortes précipitations des jours précédents ont fait monter le niveau de l'eau et accéléré le courant.

— L'eau est trouble, relaya Drôle à Cuire, c'est à peine si les plongeurs peuvent voir leurs mains. Et puis la neige, ça n'arrive pas souvent, plus personne ne peut aller travailler ; il y a de la glace partout… Bref, les recherches durent une semaine environ. On trouve l'adresse du logement de Magali, même si les enquêteurs ne veulent pas de nous, de peur qu'on contamine la scène de crime. On voit les scellés sur la porte de l'appartement, on interroge les voisins de Magali : personne ne la connaît ou presque. La dame du dessous, un petit peu : Magali est quelqu'un de très discret, cherchant peu le contact, bonjour-au revoir… Sauf qu'un voisin nous dit : « Ce jeudi-là, j'ai vu quelqu'un venir en journée avec une casquette rouge sur le parking de la résidence. »

— Jérôme Gaillard ?

— On ne sait pas. En tout cas, le premier lundi des recherches, c'était encore glacé et il y avait les gendarmes. J'y suis allé par déformation professionnelle : une disparition, il y a une espèce de fantasme. Mais on ne savait pas encore que Magali n'était pas venue chercher ses enfants, on s'est dit qu'elle était partie faire un jogging le jeudi matin, elle en faisait souvent, le jour où il avait neigé.

— L'affaire Jubillar en décembre 2020, Magali en février 2021 : il y avait un drôle de climat à Montfort, la peur du rôdeur qui aurait tué la jeune femme, tout le monde était au courant.

— Du coup, la famille de Magali a demandé que les gens de Montfort se mobilisent avec les gendarmes. Il y a eu une première battue avec leur fameux chien, le saint-hubert, un gros chien spécialement dressé pour la recherche de personnes. Il a un super flair, supérieur à celui des autres canidés : tu lui fais sniffer un truc, il est très doué pour suivre la piste. Il n'y a que deux saint-hubert dans l'Ouest ; alors tu te dis : s'ils font venir ce type de chien, il y a anguille sous roche.

— À 95 %, c'est toujours le conjoint le coupable, reprit Mitraillette Passionnée. Mais toutes les pistes sont ouvertes. On est allés voir le voisin pour qu'il nous parle du gars à la casquette rouge, on a essayé de ne pas se faire trop de scénarios dans la tête, mais on s'en invente forcément ; deux battues, des plongeurs jusque dans le Garun et les petits puisards… On a tenté de les prendre en photo, tous les gendarmes avaient des gilets jaunes, on les voyait partout jusque dans les champs. Bref, il y a eu plusieurs battues, puis ça s'est arrêté ; les gendarmes avaient fait le maximum dans un rayon de dix kilomètres autour de Montfort.

— Et le chien ?

— Ça n'a pas marché : il a juste mené les gendarmes près du Garun, où Magali allait se promener. Il y a eu une opération avec des affiches partout dans la ville. Les gendarmes arrêtaient toutes les voitures qui se déplaçaient le jeudi de 8 heures à midi, l'heure présumée de la disparition, avec un barrage routier pour interroger les automobilistes ; certains peuvent avoir des habitudes, ou avoir remarqué quelque chose. Des moyens impressionnants. Bref, les gendarmes occupent le terrain une semaine entière, avant de bosser sur l'enquête judiciaire.

— Ça fait partie de leur stratégie de nous enfumer un peu, précisa Drôle à Cuire : ils disent qu'ils n'ont pas de pistes, mais ils planquent à côté de chez Jérôme Gaillard, le mettent sur écoute et attendent le faux pas, jusqu'à l'histoire des Géorgiens. Quand le GIGN intervient à Montfort et à Maurepas pour interpeller les suspects, qui auraient fait chanter Gaillard au sujet d'un contrat qu'il aurait passé. Mais, là encore, ce ne sont que des bruits, des gens qui nous parlent en *off*. Alors on est partis dans sa ferme, son garage qu'il louait aux Géorgiens.

— C'était quand ?

— Je ne sais plus, une dizaine de jours après la disparition de Magali. On est arrivés à la longère de Jérôme Gaillard, mais il n'était pas là : il n'y avait que le chien. Le pauvre : ça faisait plusieurs jours qu'il était là, seul. Je lui ai dit de grimper dans la voiture, ce qu'il a fait, mais le chien a eu un regard vers la ferme de son maître, comme dans un film, et il n'a pas eu le cœur d'abandonner la maison. Il est retourné se coucher devant la porte. Donc j'ai appelé la SPA.

— Gaillard avait abandonné son chien ?

— On saurait plus tard pourquoi. En attendant, quand on est arrivés, le portail de la ferme était fermé, on a été obligés de faire tout le tour jusqu'aux garages. Les Géorgiens étaient là, la mine un peu patibulaire, et on entendait des bruits de scie.

— Comme s'ils étaient en train de découper quelqu'un ! plaisante sa binôme pour chasser les frissons.

— Donc, très courageuse, Mitraillette Passionnée me dit de leur parler. Un Géorgien arrive d'abord, je lui dis : « Bonjour, on cherche Jérôme Gaillard », il me répond « *Rouska, rouska.* » Le mec ne comprend pas, ou il le fait exprès.

— Du coup, je lui parle en anglais.

— Un accent du tonnerre : *Dou you no ouère is Jérôme Gaillard ?!* ironisa Drôle à Cuire.

— C'est ça. En tout cas, le gars répond : « Attendez, attendez » et un autre Géorgien intervient. Au départ, il ne nous répond pas, peut-être qu'il nous a pris pour des flics ; enfin, le type fait semblant de ne pas comprendre ni connaître Jérôme Gaillard.

— C'était après l'interpellation des Géorgiens à Rennes ?

— Oui. Voilà pourquoi Jérôme Gaillard n'était pas là : il se sentait menacé. Les flics lui avaient conseillé de quitter sa longère, de déguerpir chez ses parents, alors qu'ils continuaient à tirer sur le fil, lui faisant croire qu'il n'était pas soupçonné. Gaillard était donc parti se réfugier chez ses parents, en abandonnant son chien.

— Il aurait pu le prendre avec lui, remarquai-je.

— Il devait être pressé, froussard, ou lâche. Enfin, les jours passent, Magali est toujours portée disparue, mais aucune info ne filtre, jusqu'à ce qu'un gars du boulot déboule et nous raconte l'histoire des Géorgiens.

— À cette époque, on parlait encore de Delphine Jubillar.

— Oui, et l'histoire des Géorgiens, il faut s'asseoir pour comprendre. On nous apprend que Jérôme Gaillard est entendu par le juge d'instruction. En gros, il lui dit : « Écoutez, j'ai un petit souci, je suis menacé par des Géorgiens, je crois que j'ai fait une connerie ! »

On rit, ça détend.

— En fait, je crois que le juge d'instruction n'apprend rien, vu que le mari est sur écoute ; il doit même se marrer. Mais à partir des Géorgiens, on se dit qu'on a une affaire. Les filles ont d'ailleurs écrit un super papier, approuva Mitraillette Passionnée.

— OK. Et l'annonce de la mort de Magali ?

— C'est arrivé plus tard, deux ou trois semaines après les battues, quand on a eu la confirmation par notre chef que le corps découvert était celui de Magali.

— Il était vénère, enchaîna Mitraillette Passionnée : « Putain, le procureur nous a pris pour des cons, en fait, il nous a dit volontairement que le mari de Magali était hors de cause, qu'il avait un alibi béton, donc nous, on l'a écrit sans vérifier l'info, pour que Gaillard se détende, mais c'est lui, le tueur ! »

— Oui, le procureur nous a manipulés, et nous, on a donné une fausse info ; le proc' nous dit de la merde pour qu'on lise dans le journal que le mari est hors de cause.

— Une info en réalité destinée à Jérôme Gaillard, avançai-je.

— Tout juste. Et là, ils le mettent sur écoute. C'est le jeu : quand Magali se volatilise, les flics commencent à se dire que c'est une disparition inquiétante, alors ils nous le disent. Tous les soirs, on les appelle, c'est le jeu entre eux, et, nous, ils nous donnent des infos, on sait qu'on va servir à ça aussi, mais on est bien obligés de les croire.

— Les Géorgiens sont l'élément déclencheur, résumai-je.

— Oui. Jérôme leur a dit en gros : « J'en ai marre de ma femme, elle veut se barrer, elle va avoir la garde des enfants, je vais être obligé de payer une pension alimentaire, est-ce que vous êtes d'accord pour tuer ma femme ? » Les autres répondent : « Pas de problème, on va trouver quelqu'un pour faire ça, tu nous files tant et on s'en occupe. » La conversation a dû se faire en plusieurs fois, sauf qu'au lieu de remplir le contrat, ils l'enregistrent. Quand Magali disparaît, les Géorgiens reviennent voir Jérôme et lui révèlent qu'ils ont l'enregistrement et menacent de le divulguer. Et ce n'est plus 15 000 euros pour se débarrasser de Magali, mais 20 000 pour la fermer. C'est l'occasion de lui extorquer de l'argent. Jérôme dit OK, et le rendez-vous est fixé à Rennes. Sauf qu'entre-temps, il s'est confié au juge d'instruction et aux gendarmes pour leur dire que des Géorgiens voulaient lui extorquer de l'argent. Du coup, Jérôme leur tend une souricière avec les gendarmes, alors qu'il doit remettre l'enveloppe aux Géorgiens, qui se font interpeller.

— Il est con !

— Très.

— Mais à ce moment-là on ne sait pas ce qui se passe entre Jérôme et les gendarmes. On sait juste que des Géorgiens veulent escroquer le mari de la disparue. Quand on apprend que Jérôme Gaillard est en garde à vue, on sort l'info. Normalement, on ne travaille pas en binôme le week-end : l'un de nous se déplace dans une petite rédaction comme Redon ou Fougères, mais par un pur hasard, alors que Drôle à Cuire est à Rennes et moi à Redon, j'apprends par une source que, suite à la garde à vue, ils ont retrouvé le corps de Magali, dans un bois près d'une route qui monte près d'un grand lampadaire.

— Oui, on a tourné comme des fous pendant trois heures avec un photographe, en demandant aux gens s'ils avaient vu des gendarmes, ça devenait la grosse affaire ; les médias nationaux s'y étaient mis, les télés... Mais ce n'est pas fini.

— Oui, reprit Mitraillette Passionnée. La conférence de presse du procureur a eu lieu à 18 heures au palais de justice, il y avait des journalistes partout, avec des caméras, tout le monde installait les micros, etc., et là, j'ai reçu un texto d'une avocate que je connaissais et qui me disait : « Tu vas avoir une surprise... » Comme j'insiste, elle a fini par me révéler : « Les parents de Jérôme Gaillard sont aussi mêlés au meurtre. »

11

Les parents

Dans cette affaire « hors norme », les rebondissements judiciaires s'enchaînent pour démêler les fils de ce que le procureur de la République, Philippe Astruc, qualifie aujourd'hui de « complot familial et criminel », relatent mes faits diversiers dans *Ouest-France.*

Le principal suspect assure avoir agi seul et que ses parents n'étaient pas informés de son dessein criminel. Ils ont toutefois été mis en examen et incarcérés, ce qui est plutôt rare pour des personnes de plus de 70 ans, reconnaît un gendarme. « Nous avons donc des éléments à charge », explique-t-il, sans donner davantage de détails.

L'avocate de la mère, Me Gwendoline Tenier, indique avoir fait appel de cette décision. Ses parents, 72 et 75 ans, impliqués dans ce diabolique « complot criminel », ont aussi été mis en examen pour

« tentative de meurtre » et « complicité de meurtre par conjoint ». Tous sont en détention provisoire. Des zones d'ombre subsistent et notamment le mobile de ce « complot criminel » ourdi par le mari de la victime et ses parents. À ce casting familial, s'ajoutent des Géorgiens impliqués à travers une extorsion de fonds, mais pas seulement apparemment.

« Tous les éléments du puzzle ne sont pas encore réunis », reconnaît le procureur Astruc qui n'a pas souhaité révéler les éléments qui ont conduit son parquet à demander la mise en examen des parents de Jérôme Gaillard, un couple âgé de 72 et 75 ans. Pas plus que le rôle d'un autre Géorgien, voisin du mari, arrêté à Cherbourg.

Ce n'est donc plus l'histoire d'un homme qui décide de tuer sa femme, mais un féminicide aux ramifications multiples. L'apprenti assassin se tourne vers les Géorgiens qu'il a sous la main pour liquider Magali, mais, perdant confiance avant de se faire rouler par les mêmes, il se confie à ses parents. Les seuls à pouvoir l'aider ? Un père ou une mère normalement constitués ferait tout pour aider son enfant, surtout s'il est dans la mouise, mais devenir complice de meurtre ? Les parents avaient côtoyé Magali des dizaines de fois, ils l'avaient vue jouer avec leurs petits-enfants, s'occuper d'eux comme toutes les mères, ils avaient échangé des cadeaux, des repas de

Noël ou d'anniversaire, ils l'avaient visitée à la maternité après la naissance des quatre bébés ; ça crée des liens, non ?

Et lui, Jérôme Gaillard, pourquoi entraîner ses propres parents dans un crime prémédité, qui pouvait les perdre ? Par égoïsme ? Désespoir ? Lâcheté ? Désir de ne pas être seul dans la galère, et de pouvoir se confier à quelqu'un, en l'occurrence des personnes de confiance ? Par ce vieux réflexe humain qui veut que, quand ça va mal, on apprécie plus le malheur des autres ? Se doutait-il qu'ils allaient l'aider ? Ne leur a-t-il pas laissé le choix ?

La famille était unie ; Jérôme habitait la maison de ses parents avec Magali, ils vivaient dans le même canton et se voyaient souvent, elle était la mère de leurs trésors, pas une paria qui passait son temps libre à boire des verres avec ses amies. Magali faisait pour ainsi dire partie de la famille Gaillard… Jusqu'où peut-on aller pour aider son enfant ? Se nier soi-même ?

Dans sa folie meurtrière, Jérôme Gaillard entraîne ses propres parents, Monique et Jean, qui prennent connaissance du projet criminel de leur fils dès Noël 2020, peut-on lire dans les archives. *Mais les deux septuagénaires ne tentent pas de le raisonner, révèlent les investigations. Pire, ils lui auraient donné 50 000 euros pour mener à bien ses sombres desseins.*

Savaient-ils à ce moment-là à quoi allait servir l'argent ? Jean Gaillard a-t-il prêté main-forte à son fils pour enterrer le corps ? L'enquête a déjà déterminé que Jean Gaillard avait contribué à l'élaboration d'un alibi pour son fils le matin du meurtre. Et quel a vraiment été l'emploi du temps de Monique Gaillard ce matin du 11 février ? Monique et Jean Gaillard ont reconnu au mois de septembre avoir aidé leur fils Jérôme dans ce féminicide. Monique Gaillard avait déclaré lui avoir prêté de l'argent, sachant qu'il voulait engager des Géorgiens pour exécuter sa femme, et avoir acheté la chaux qui a servi à dissimuler le corps de Magali Blandin. Jean Gaillard quant à lui a servi d'alibi à son fils en se rendant à son domicile pour utiliser Internet et passer des coups de téléphone au moment du meurtre.

D'après leur avocate, les parents de Jérôme Gaillard lui auraient prêté cette somme pour l'aider à financer son divorce et son train de vie. C'est à l'écoute des enregistrements faits par les Géorgiens que la mère aurait compris que son fils avait pu lui-même passer à l'acte. Mariés depuis cinquante ans, ils avaient travaillé comme marchands de bestiaux avant de prendre leur retraite. Ils n'ont pas dénoncé leur fils, ce que la loi permet, *via* l'immunité familiale, une « solidarité familiale » prise en compte par le droit pénal.

Intéressant de voir que des juristes ont pensé – et décidé – que l'amour filial l'emportait sur tout, jusqu'à la culpabilité de son enfant ou parent. Une preuve d'humanité ?

En tout cas, estime un arrêt de la chambre de l'instruction, l'attitude du couple « n'a pu que renforcer la volonté homicide de Jérôme Gaillard qui savait qu'il pourrait disposer du soutien de ses parents ». Les deux ont été mis en examen pour complicité d'assassinat et écroués.

Les beaux-parents de Magali s'étaient perdus. Mais ils avaient leurs raisons.

— En fait, m'expliqua Mitraillette Passionnée, les parents Gaillard avaient deux enfants, deux garçons, dont Jérôme était le cadet. Mais son frère aîné s'est suicidé il y a dix ans, pour une histoire d'amour qui a mal fini. Un chagrin d'amour en somme, qui, évidemment, a traumatisé la famille. Alors, quand les parents apprennent que Jérôme est au fond du trou à cause de la demande de divorce de Magali, ils paniquent. Ils ne veulent pas vivre un nouveau drame. Pris dans un piège psychologique, ils décident de l'aider. Jérôme a peut-être joué sur ce biais, il est assez tordu pour ça, et les parents lui donnent 10 000 euros[1] pour

1. Il semblerait que Jérôme Gaillard n'ait pas envisagé de verser la totalité des 50 000 € donnés par ses parents aux Géorgiens.

payer les Géorgiens. Ils connaissent donc l'histoire et le projet macabre de Jérôme, mais ils acceptent par peur de perdre leur dernier fils. Clairement, les parents se retrouvent complices de meurtre alors qu'ils n'ont jamais eu la moindre amende de leur vie… Imagine la mamie qui arrive à l'audience quand elle a été convoquée, sans s'attendre une seconde à aller à la case prison, avec son petit sac qu'elle pose sur ses genoux : c'est hyper violent.

— Ils n'ont pas vu le coup venir.

— Visiblement, non.

— Il y a pourtant eu les battues, la réapparition des Géorgiens, qui voulaient le faire chanter ; Jérôme leur a forcément dit qu'il était sur le gril.

— Peut-être que, justement, ils étaient déjà pris au piège.

— Et quand leur fils leur a annoncé qu'il allait se plaindre au juge du chantage exercé sur lui par les Géorgiens, les parents ne se sont pas dit que c'était se jeter dans la gueule du loup ?

— Peut-être que Jérôme Gaillard a décidé seul.

— En tout cas, il les a entraînés dans sa chute.

Pendant l'instruction, peut-on lire dans *Ouest-France, Jérôme Gaillard tente de dédouaner son père et sa mère, qui n'avaient, selon lui, « aucune connaissance du projet criminel ». Mais sa mère Monique craque : « En larmes, traumatisée par le suicide d'un autre de ses fils dix ans plus tôt, elle s'énerve et demande à Jérôme d'arrêter ses mensonges. » Quand le juge lui demande pourquoi elle n'a pas tenté de prévenir sa belle-fille de ce qui allait se tramer, elle répond : « J'étais pas capable de vendre mon fils… »*

Pour l'avocat du père qui a saisi la cour d'appel d'une demande de mise en liberté, le septuagénaire a pu être manipulé par son fils. Me Chauvel a fait part également de l'état de santé fragile de son client, au point qu'« un médecin généraliste l'a jugé incompatible avec la détention ». Lors de l'audience qui s'est déroulée jeudi, l'avocat général s'est opposé à la remise en liberté, notamment pour éviter toute pression sur des témoins, et toute concertation avec les autres mis en examen, tous emprisonnés.

— Les parents ont donc agi en âme et conscience. C'était ou leur fils, ou Magali.

— Oui, et ils l'ont aidé concrètement. La mère s'est chargée d'acheter de la chaux pour défigurer le corps de Magali, le père est venu chez Jérôme à Montauban le matin où il l'a tuée pour effectuer des recherches sur Internet et faire croire que Jérôme était chez lui au moment de la disparition.

— Un alibi.

— Oui, commenta Drôle à Cuire : même que la mère a fait marcher sa carte de fidélité quand elle est allée chercher la chaux au magasin de bricolage.

Il n'y a pas de petite économie.

J'en restai bouche bée.

— Quelle empathie.

— Comme tu dis. En attendant, la mère de Jérôme s'est retrouvée à la prison de Rennes avec Monique Olivier et d'autres grands criminels ; c'est comme si, agricultrice, tu débarquais à Fleury-Mérogis ! Limite ça nous fait de la peine : alors que son mari va dans une maison d'arrêt plus cool... Elle devait être terrorisée. Quand tu vois Balkany qui sort parce qu'il a mal au crâne...

— Hum. Ils en sont où, aujourd'hui ?

— Les parents ? Ils ont été libérés de leur détention provisoire après la mort de leur fils, et placés sous contrôle judiciaire.

— Il y aura un procès ?

— Pas avant un an, estima Mitraillette Passionnée. Seuls les parents sont encore vivants...

12

Le tueur

Jérôme Gaillard avait planifié son crime des mois plus tôt et avait ouvertement parlé à ses parents de son désir d'en finir avec Magali.

Ce plan macabre se concrétise le jour de Noël. Autour de la dinde, Jérôme Gaillard lance à ses parents cette phrase irréelle : « Je vais exécuter Magali, ma décision est prise. » Et le jeune père de famille de détailler son scénario. Un contact des Géorgiens va l'éliminer et faire croire à un crime de détraqué sexuel, écrit *Le Parisien.*

Jérôme Gaillard va jusqu'à acheter un sextoy pour étayer son scénario de viol, un godemiché, avec une strangulation comme mise à mort. « L'idée de départ était de simuler une agression sexuelle à la sortie de son travail, par un inconnu.

Magali aurait été assommée et tuée », révèle-t-il aux enquêteurs.

La fausse agression aurait donc eu lieu à Rennes, ce qui l'éloignait en tant que suspect de Montfort ou de Montauban. Mais quelle bouffée perverse a pu le pousser à imaginer un tel scénario ? Livrer son ex-compagne à des brutes inconnues pour qu'elles la violent et la tuent : ce n'est plus un règlement de comptes, mais une vengeance de bas étage. Avait-il prévu que les tueurs simulent le viol avec le godemiché avant ou après la strangulation ? Dans tous les cas, ajouter un degré de terreur dans l'attaque qui coûterait la vie de Magali ne le dérangeait pas outre mesure. C'était une petite femme, elle ne pourrait pas se défendre, et souiller le corps qui lui avait donné quatre enfants entrait dans le logiciel du tueur.

L'agression sexuelle n'a pas eu lieu en raison du jeu trouble des Géorgiens, et non en raison de ses remords ou d'un minimum de respect pour sa victime.

Après les mots, les actes. S'il ne suit pas son plan avec les Géorgiens, il en choisit un autre, poursuit *Le Parisien. Il utilisera une batte de base-ball pour assommer sa femme par surprise. Au cours d'un repas en février 2021, il lance à son père Jean Gaillard : « Papa, tu n'as pas le choix. Demain matin, je passe à l'acte et tu me remplaces. » Le 11 février précisément, il emmène ses enfants à l'école, puis dépose Jean dans la ferme de Montauban-de-Bretagne. Ce dernier doit utiliser son ordinateur et son téléphone pour lui créer un alibi. « Comme "paralysé", Jean Gaillard s'exécute. » Pendant ce temps, Jérôme Gaillard tue sa femme en l'assommant avec une batte de base-ball. Il revient manger chez ses parents. « J'ai réglé le problème », leur dit-il. Puis durant la nuit, quand ses enfants dorment, il se débarrasse du corps.*

Le meurtre est froid, prémédité.

« Je suis un fils de paysans : quand j'étais petit, j'ai vu mes grands-parents assommer un cochon avant de l'égorger pour pas qu'il souffre », a ainsi confié Jérôme Gaillard qui, inspiré par cette mise à mort, a décidé d'infliger le même sort à Magali Blandin pour, dit-il, « ne pas qu'elle souffre », rapporte toujours *Le Parisien.*

Ah pardon ! Le viol et la strangulation, finalement, c'est un peu *too much*, veut-il nous faire croire. Pour nous émouvoir, il va falloir en faire un peu plus. Alors quoi, ses parents ?

Malgré les aveux, Jérôme Gaillard tente coûte que coûte de les dédouaner.

« Il vit toujours aussi douloureusement la situation pénale et carcérale de ses parents et le placement de ses quatre enfants, dont il se considère comme l'unique responsable », confirme son avocat à la presse. Toujours selon Me Le Mintier, « il estime qu'il est le seul à devoir payer pour son crime et est déterminé à fournir toutes les explications pour permettre à la justice d'acquérir la conviction que ses parents ignoraient qu'il passerait à l'acte le jeudi 11 février ».

Le voilà qui enfin baisse la garde, comme s'il prenait à rebours conscience de l'énormité de sa décision criminelle.

Est-ce la mise sous les verrous de ses parents qui le mine, plutôt que le meurtre de Magali ? Le placement de ses enfants ? À quoi d'autre s'attendait-il ? En impliquant son père et sa mère, il ôtait un abri à sa progéniture, qui aurait pu poursuivre un semblant de vie normale chez leurs grands-parents. Croyait-il que son plan était si génial que personne ne se douterait jamais de sa culpabilité ?

L'écrasante majorité des femmes assassinées le sont par leur conjoint ; le couple qu'il formait avec Magali, déjà séparé de fait, était en instance de divorce, avec des plaintes pour violence. Même innocent, Jérôme Gaillard était le suspect numéro un. Sans parler des Géorgiens qu'il avait mis dans la confidence et en lesquels il ne pouvait plus avoir confiance, avant de faire de ses parents ses complices.

Qui était Jérôme Gaillard ?

Jérôme Gaillard est décrit par un ancien ami contacté par *Actu Rennes* comme un « pervers narcissique », qui poussait Magali à bout en exerçant des violences psychologiques sur elle : intimidations, rabaissements, humiliations... Ce trait de caractère est confirmé par les gendarmes. « Lors de l'interrogatoire, nous avons eu en face de nous un homme très intelligent, redoutablement efficace. »

Ah bon ?

« Intelligent », je ne suis pas sûr, mais en se plaignant auprès du juge qui enquête sur la disparition de sa femme d'un chantage exercé par ceux qu'il avait chargés du meurtre, Gaillard a surtout été « redoutablement efficace ».

Faire une bourde d'une telle inconséquence n'est pas à la hauteur de la description psychologique du tueur, les pervers narcissiques ont souvent plusieurs coups d'avance, qu'on ne voit pas venir justement, car il faut être sacrément tordu pour penser à leur manière, mais est-ce le cas de Jérôme ? Quelque chose ne colle pas dans sa personnalité.

Dans *Le Parisien*, Jérome Gaillard, quarante-cinq ans, est décrit par une proche du couple comme « taillé comme un Apollon, très bel homme, qui parle bien et utilise son vocabulaire à bon escient », mais aussi « très colérique, manipulateur et [au] sang chaud ». Les infidélités de Jérôme étaient un sujet de dispute récurrent dans le couple ; un retraité affirme ainsi avoir été témoin de plusieurs gifles qu'aurait reçues Magali Blandin pendant des fêtes privées.

Un sanguin, comme on dit, à la virilité exacerbée, la domination bête, banale. Sauf que Jérôme ne se prenait pas pour n'importe qui – c'est son côté narcissique.

Le suspect voulait percer dans le cinéma. Il a écrit un scénario, baptisé *Ego sum*. Proche du film *American Psycho*, il tourne autour d'un personnage qui rêve d'être un tueur en série, assassinant des femmes ressemblant à la sienne. À la fin, on comprend que ces meurtres sont finalement réels.

« Jérôme m'a raconté qu'il voulait tourner son film en caméra objective, pour que l'on se mette dans la peau du tueur, précise l'ancien ami de la famille. Lors d'une soirée arrosée, il m'avait également dit comment il ferait disparaître un corps si jamais il venait à tuer quelqu'un. »

Un scénariste raté, qui aura imaginé le meurtre de Magali comme un mauvais film ?

Malheureusement, Jérôme Gaillard allait couper l'herbe sous le pied de tout le monde.

13

Suicide

Après sept mois de prison, Jérôme Gaillard a mis fin à ses jours dans la nuit du 31 octobre dernier. Très déprimé depuis son incarcération, cet homme de 45 ans avait entamé une grève de la faim trois semaines avant sa mort pour réclamer que ses quatre enfants, âgés de 4 à 15 ans, soient réunis par les services sociaux. Ils étaient sa raison de vivre, lit-on dans *Ouest-France.*

« Placé à l'isolement du fait du retentissement médiatique de l'affaire, et bien que surveillé de près par le personnel pénitentiaire, le corps de Jérôme Gaillard a été retrouvé pendu à la grille de la fenêtre de sa cellule, au moyen d'une cordelette pouvant être constituée d'un morceau de drap déchiré », ajoute le procureur.

Les gardiens de la prison ont-ils commis une faute dans leur mission ?

« Une enquête a été ouverte. À ma connaissance, elle n'a pas relevé de dysfonctionnements particuliers dans la surveillance », répond le magistrat.

« Les mots me manquent face à tant de gâchis, réagit auprès de l'AFP l'avocat de Jérôme Gaillard. *La dernière fois que je lui ai parlé, il pleurait face à ce champ de ruines qu'il laissait derrière lui et qu'il voulait tenter de réparer en vain. »*

Alors que le principal suspect s'est pendu aux barreaux de sa cellule, qui sera présent dans le box des accusés ? s'interrogent les fait diversiers de *Ouest-France*. *Quinze jours avant le suicide de l'ex-compagnon de Magali Blandin, les policiers avaient fait subir un interrogatoire groupé entre Jérôme et ses parents. Le couple de septuagénaires avait alors avoué être au courant du projet de meurtre sur leur belle-fille, mais ils invoquaient la manipulation psychologique de leur fils. Outre les beaux-parents de Magali, deux Géorgiens seront sur le banc des accusés, l'un toujours incarcéré, l'autre remis en liberté jusqu'au procès.*

En *off*, Mitraillette Passionnée l'avait toujours mauvaise. « Quand on a appris le suicide de Jérôme Gaillard, on était énervés ; il était en grève de la faim depuis trois semaines. » On le comprend : coupable, déprimé, sans espoir de vivre de nouveau un jour avec ses enfants, refusant de se nourrir, Jérôme Gaillard était un suicidé en puissance. Doit-on blâmer les services pénitentiaires pour leur relâchement... ou acquiescer en silence pour leur humanité ?

Désespéré, affaibli à tout point de vue, il voyait sans doute le suicide comme une sortie tragique, mais honorable.

Mais pour les autres ?

Était-ce une sortie honorable ou une dernière lâcheté ?

Certaines personnes proches de l'affaire craignaient que le dossier ne soit « correctionnalisé » après la mort de l'accusé, mais le procureur de la République de Rennes a été formel : « Il y aura bien un procès devant la cour d'assises pour tenter de faire la lumière sur ce meurtre. »

Je comptais bien m'y rendre.

⋆

La date du procès à Rennes toujours inconnue, je vaquai à d'autres occupations, dont un projet en Argentine. Les Andes envoûtant jusqu'aux oiseaux, je volais du temps à la mort parmi ses splendeurs. La nature sauvage et brute, les petits hommes aimables qu'on croisait dans les villages écrasés de poussière, les pisco sour pour étancher nos soifs d'aventure : le meurtre de Montfort-sur-Meu me semblait soudain loin, même s'il continuait de hanter mon esprit.

Il fallut mon retour à Buenos Aires et un article du *Télégramme* pour achever cette histoire : quelques phrases laconiques m'apprenaient que les parents de Jérôme Gaillard venaient de se suicider, par pendaison, comme leur fils…

Cette fois-ci, c'était cuit. La justice ne serait jamais rendue au grand jour.

Une impasse, comme si le monde fuyait sous mes pieds.

J'avais envoyé un mail au chef de la gendarmerie de Montfort qui avait interrogé le tueur lors de sa garde à vue, mais sans surprise, je ne reçus aucune réponse. Il me restait une carte, la dernière, celle de l'avocat de Jérôme Gaillard : il était le seul à pouvoir éclairer les zones d'ombre accumulées.

14

Affaire Sensible

Mitraillette Passionnée m'ayant donné ses coordonnées, j'avais contacté l'avocat par mail, mais en dépit de ses venues régulières à Paris pour son travail, nos emplois du temps peinaient à concorder. Le plus simple était donc que je me déplace.

Notre rendez-vous fut fixé un mardi midi, à Rennes. Les grèves contre la réforme des retraites menaçant les trains, je débarquai la veille, curieux de pouvoir parler librement de l'affaire.

Il n'est pas si fréquent que les avocats ouvrent leur cœur. Je compris tout de suite pourquoi Affaire Sensible ne se cachait pas derrière son masque de « maître » : trop de monde dans ses yeux.

C'était un peu étrange comme rencontre ; l'ambiance était tendue à Rennes, les violences de la manifestation après le passage en force du fameux 49.3 laissaient craindre le pire, les flics de Darmanin (un abuseur de femmes à la tête de la police, chapeau les gars) avaient recasé les « voltigeurs » de Pasqua, les RoboCop se tenaient derrière les Plexi et les pétards volaient.

Nous n'avions pas commandé nos plats que les poubelles brûlaient dans l'avenue Janvier, là, derrière notre vitrine. Les serveurs n'étaient pas rassurés, l'agence d'assurances située à deux cents mètres venait d'être saccagée, les journalistes de presse présents sur les lieux n'avaient qu'un brassard pour se différencier des casseurs et des jeunes qui défiaient les forces de l'ordre.

— Tiens, c'est Mitraillette Passionnée ! s'esclaffa Affaire Sensible en voyant sa copine longer la vitrine du restaurant en mode commando – puis les RoboCop chargèrent les jeunes qui les filmaient, les refoulant vers le centre où avait lieu le cœur de la manifestation.

Ayant traversé les rangs à contresens pour atteindre mon lieu de rendez-vous, j'avais la fibre sociale dans les chaussettes, mais je finis par poser mon enregistreur sur la table.

Affaire Sensible était habillé chic, mais pas vulgaire, ni ringard comme les sacs de luxe marron et beige que le monde entier s'arrache, ses cheveux sages et ondulés masquant à peine une certaine tension. Homme pondéré, réfléchi, précis, l'avocat n'était pas sorti indemne de l'affaire Blandin.

C'est peut-être pour ça qu'il avait accepté de me parler. D'autant que ce n'était pas sa première expérience en la matière.

— J'ai eu un dossier similaire, les mêmes circonstances et la même découverte du cadavre, en 2011, dit-il bientôt ; une femme avait disparu, pas loin d'ici, à Bruz, et c'est son compagnon qui a signalé son absence suspecte. Tout le monde était inquiet, Anne Caudal, la femme en question, était enceinte et elle semblait heureuse. Mais les gendarmes ont eu la puce à l'oreille, son compagnon, Christophe Piédoux, en faisait presque trop. En planquant près de chez lui, ils ont vu Piédoux rentrer un soir en compagnie d'une femme, qui s'est avérée être la sienne. Mariée depuis dix ans, mère de deux enfants, la femme de Piédoux a expliqué aux gendarmes que tout le monde était au courant de sa liaison avec Anne, mais qu'elle l'acceptait, car son mari lui promettait de rester pour les enfants. Sauf que le couple, qui avait menti sur son emploi du temps le jour du meurtre, a été placé en garde à vue. C'est Sophie Piédoux qui a craqué la première. Le corps d'Anne était à Nouvoitou, à une vingtaine de kilomètres de Bruz, près d'un tronc d'arbre, du moins ses os calcinés. C'est le genre de chose qu'on n'oublie pas.

— Vous étiez à la garde à vue, j'imagine ?

— Oui. Piédoux a expliqué qu'il s'était disputé avec Anne Caudal, qui voulait qu'il quitte sa femme, ils se sont battus et il a fini par l'étrangler. Blessé à un bras dans la bagarre, Piédoux a obligé sa femme à venir l'aider pour déplacer le corps, puis s'en débarrasser... La famille d'Anne Caudal non plus n'a pas eu le droit à un procès : Piédoux s'est pendu à la fenêtre de sa cellule.

— Hum. Vous vous doutiez que le type était coupable ?

— Les avocats sont là pour conseiller, pas pour juger, répondit-il. Et puis je suis tenu au secret professionnel.

— Et Jérôme Gaillard ?

— Je n'ai d'abord eu avec lui que des contacts téléphoniques, jusqu'à la tentative d'extorsion des Géorgiens. Mais quand je suis parti en garde à vue pour assister Jérôme Gaillard, je me suis dit : « Il va se produire la même chose qu'avec Anne Caudal... » Jérôme avait déjà été entendu comme témoin. À l'époque où il m'a demandé d'être son conseil, il habitait encore dans sa maison avec ses quatre enfants. Ce qui va faire évoluer la situation, c'est une effraction à son domicile ; Jérôme m'appelle, en panique, me dit que c'est lié aux Géorgiens, je lui conseille de ne toucher à rien et d'appeler les gendarmes en charge de l'enquête... On saura par la suite que Giorgi, le chef des Géorgiens, est entré par effraction avec un pied-de-biche pour chercher des preuves de la culpabilité de Gaillard. Jérôme s'est alors réfugié chez ses parents, et ç'a été le début du chantage. Jérôme était en week-end à la mer avec ses enfants, et quand il est rentré, ses parents lui ont donné l'enveloppe reçue dans la boîte aux lettres avec un courrier et l'enregistrement... Suite à un de nos entretiens, Jérôme Gaillard a décidé d'avertir la justice.

— C'est là que son raisonnement déconne, remarquai-je finement.

— En effet, il a ce positionnement auprès du magistrat qui consiste à dire que, au départ de Magali, il a pu avoir des mots violents contre son ex-femme, mais qu'il n'est pas passé à l'acte, donc ces enregistrements ne veulent rien dire ; mais on ne sait pas comment vont réagir les Géorgiens...

— À ce moment-là, vous vous doutiez que Gaillard n'était pas clair...

— Forcément. Néanmoins, mon métier veut que je reste neutre. Mais dans son image corporelle, je sentais qu'il avait changé.

— Jérôme était froid ?

— Non, au contraire, il pleurait dès qu'il évoquait ses enfants. *A posteriori*, sachant que l'enquête allait se diriger vers lui, on peut penser qu'il avait besoin de se délester. En attendant, le GIGN est venu spécialement de Paris pour appréhender les Géorgiens. On pensait encore que Magali avait pu être séquestrée. Dans ces cas-là, il faut négocier rapidement. Ça a un peu agacé la Police nationale que le GIGN intervienne sur son terrain, mais il ne fallait pas qu'il y ait de fuites.

— Il servait d'appât, non ?

— Oui, Jérôme Gaillard avait des rendez-vous avec le GIGN pour préparer la rencontre avec les Géorgiens, qui a eu lieu dans le quartier de Maurepas. Jérôme y est allé en voiture avec son père et un homme du GIGN caché dans le coffre au moment du contact avec les maîtres chanteurs. Ce qui est assez curieux, c'est que Jérôme trouvait ça grisant, comme des moments d'euphorie, comme dans un film. Donc les trois Géorgiens sont interpellés, puis mis en garde à vue pendant quatre-vingt-seize heures. Seulement le lendemain, alors que Jérôme fête l'anniversaire de son dernier chez ses parents, le soir, les gendarmes débarquent avec l'aide de protection à l'enfance pour lui retirer les enfants, sous prétexte de les préserver de la dangerosité des Géorgiens. À rebours, je pense aussi que c'était pour les protéger de leur père. Les enfants sont donc mis en famille d'accueil, et on va voir le juge pour enfants afin de statuer sur des visites. À ce moment-là, je me doute que Jérôme Gaillard va être interrogé dans la semaine, les Géorgiens vont forcément balancer des trucs qui se retourneront contre lui. En attendant, j'ai rendez-vous avec ma consœur qui s'occupe des enfants pour statuer sur les visites de leur père, et en arrivant devant ses bureaux, je tombe sur un type à moto avec une oreillette ; déformation professionnelle, ça ressemble à de la surveillance. Je me dis : « Merde, ils sont en train de nous suivre. » Donc je me gare, je ferme la voiture et le motard vient me dire qu'ils viennent d'interpeller Jérôme Gaillard, trente mètres derrière moi, pour l'emmener en garde à vue… Même s'il a été préparé à cette éventualité, je vois très vite que Jérôme ne tiendra pas longtemps avec cette tension ; de fait, il passe rapidement aux aveux. On a des types qui sont capables de tenir des jours et des jours, voire des mois comme l'affaire Jubillar.

— Gaillard a craqué au bout de vingt-neuf heures quand même, c'est long.

— Non, car les vingt-quatre premières heures, on parle de sa vie, de ses habitudes, des amis, des enfants. Le but des enquêteurs est de mettre le suspect en confiance, on tutoie, on met à l'aise, on mange ensemble des pizzas… Mais quand on aborde les faits, les enquêteurs changent complètement de comportement, ils commencent à lui parler fermement, à évoquer les premiers éléments factuels…

— Mais vous ne saviez pas que les Géorgiens étaient passés aux aveux ?

— Non, je savais juste qu'ils avaient été inculpés pour complicité de meurtre organisé, sans connaître le contenu de leurs auditions. Ce qu'on ne savait pas non plus, Jérôme et moi, c'est qu'à cet instant ses parents aussi étaient en garde à vue ! Les policiers ont très bien géré leur affaire, et ça a fonctionné : Jérôme a avoué.

— C'est-à-dire ?

— Sur les vingt-quatre premières heures, on a eu quatre auditions, avant de passer à l'alibi ; c'est là que ça a commencé à coincer. Les enquêteurs lui montrent un tableau, très rempli, avec tous les éléments qu'ils ont contre lui. L'un d'eux dit alors à Jérôme : « Maintenant allez-y, libérez-vous. » Jérôme demande d'interrompre l'entretien, ce qui n'est pas toujours autorisé, mais j'ai demandé aux policiers de le laisser faire, au cas où il voudrait parler. Je m'entretiens alors vingt minutes en privé avec Jérôme, puis il sort avec moi de la pièce ; les enquêteurs me regardent comme s'ils attendaient mon approbation, de fait, je leur adresse un signe de la tête, genre « c'est bon », et Jérôme Gaillard leur dit de but en blanc : « Je vais vous dire où est Magali... »

— Il n'explique rien ?

— Non, à ce stade on cherche en priorité la localisation de la victime. J'espérais qu'elle était encore séquestrée. Ce n'était pas le cas. On a donc organisé un convoi, et là, je me dis : « C'est pas possible, ça va recommencer... »

Des lunes macabres passaient dans le regard de l'avocat.

— Nous voilà partis avec deux voitures banalisées à cause de la presse, reprit Affaire Sensible. On part chercher le juge d'instruction... On est au mois de mars, il est 21 h 30, il fait nuit, froid, et Jérôme nous mène jusqu'à Boisgervilly. Je suis avec lui à l'arrière de la voiture et les policiers conduisent comme des dingues ; je leur dis que ce n'est pas la meilleure solution pour ne pas se faire remarquer, enfin, on arrive. Sauf qu'on n'a ni lampe torche ni rien, juste les téléphones portables pour s'éclairer ; on avance alors dans un bois très sombre, on se gèle, tous, je reste à côté de Jérôme qui me dit que Magali veut être enterrée près d'un chêne. On essaie donc de chercher le chêne, et à un moment donné, Jérôme nous dit : « Elle est là... » Il se met à pleurer, demande un flingue pour se suicider... silence. On attend dans le froid la brigade criminelle... Heureusement l'endroit est resté secret jusqu'à l'inhumation.

— Vous n'avez pas vu le corps de Magali ?

— Non, juste sur les photos. Après ça, on rentre pour l'audition qui finit à 7 heures du matin, avec le récit de Jérôme. Le matin, la famille Blandin est mise au courant par leur avocat, les pauvres... J'ai dit aux journalistes que je ne communiquerais pas avant le palais de justice, j'attends donc les conclusions du procureur, qui met Jérôme en détention provisoire, à Angers. Je demande qu'il soit ramené à l'isolement à Vezin, plus proche de Rennes et adapté à sa situation.

Nous recevions nos plats quand les RoboCop de Darmanin ont chargé les manifestants derrière la vitrine du restaurant. Pourvu qu'on gagne.

— Et Jérôme Gaillard, repris-je en expédiant ma sole, il avait des velléités de scénariste ?

— Oui, il est même allé à Cannes pour essayer de produire des courts-métrages. Il avait monté sa maison de production, et écrit quatre scénarios dont l'un ressemblait à celui de Magali, comme une prémonition.

— Jérôme ne travaillait pas ?

— Il retapait la maison, et il louait les garages aux Géorgiens, répondit Affaire Sensible. Giorgi d'abord, c'est comme ça qu'ils se sont connus, puis à d'autres Géorgiens.

— J'ai vu plusieurs portraits de lui dans la presse, contradictoires. Il était comment ?

— Plutôt dépassé par les événements ; et sous la coupe de ses parents, ajouta Affaire Sensible. Quand il a su qu'ils étaient inculpés, il a voulu prendre toutes les charges sur lui, disant que ses parents lui avaient donné de l'argent, mais sans savoir à quoi allaient servir les fonds, sinon à payer les Géorgiens. Au départ, c'est Giorgi qui va mettre la pression sur Jérôme en venant le voir deux fois par semaine pour le menacer, il veut de l'argent.

— Les parents étaient métayers, non ? Pas un métier qui rapporte.

— Non, ils étaient éleveurs de bovins. La maison près de Montauban était celle de son enfance, un symbole fort que Jérôme voulait garder. Pour lui, à partir du moment où Magali part potentiellement avec les enfants, c'est tout l'édifice qui s'écroule. C'était sa symbolique : enterrer Magali à un kilomètre à vol d'oiseau de la maison, près d'un chêne, comme si elle était toujours là. D'ailleurs Jérôme a dit que, morte, il l'a portée dans ses bras comme le jour de leur mariage.

— Romantique, dis-je en buvant un litre d'eau pour avaler la pilule.

— Jérôme avait une explication, pour lui cohérente. Déterminé à récupérer Magali ou à la tuer, il ne pouvait pas concevoir la vie sans une famille unie. Mais elle, c'était une femme de caractère, qui n'était pas dépendante de Jérôme, alors que lui était dépendant d'elle. La première fois qu'il l'a poussée, sur le banc, Magali est allée aussitôt porter plainte. Quand elle a décidé de le quitter, elle l'a quitté, sans équivoque ; ce qui a rendu fou Jérôme... Magali se doutait que Jérôme préparait quelque chose, elle se méfiait, elle l'a écrit dans un journal intime. Ce que Jérôme avait du mal à comprendre, c'est que lui multipliait les conquêtes depuis des années, mais qu'il refusait qu'elle puisse refaire sa vie. En la tuant, il la gardait pour lui comme s'il faisait vivre cette relation.

Celle de l'avocat avec son client semblait tout aussi vivace.

— Comme je vous le disais, j'ai lu des portraits très différents de Jérôme dans la presse, pervers narcissique, génie du mal...

— Non, intelligence criminelle zéro, assura Affaire Sensible. Par contre, je pense qu'il avait des failles narcissiques importantes ; il a commis non pas un crime d'amour, mais un crime d'amour-propre. Jérôme était conscient de son égoïsme, mais sa seule façon de supporter le départ de sa femme, c'était de la tuer ou de la récupérer. Sauf que Magali était claire sur ce dernier point : elle ne l'aimait plus. Jérôme était sûr de perdre ses enfants, c'est ça qui l'a fait passer à l'acte. Ce qui est troublant, poursuivit l'avocat, c'est qu'il n'ait pas trouvé d'autre issue. Que le meurtre. Pas de demi-mesure.

— Jérôme a été marqué par la mort de son frère ?

— Pas du tout.

— Harf !

— Non non, quand on l'a interrogé sur le sujet, Jérôme a eu la franchise de dire que sur le moment oui, le suicide de son frère l'avait un peu perturbé, mais aujourd'hui non. Ils avaient déjà pris leurs distances à l'époque du drame, son frère était violent avec lui durant leur enfance, donc il n'y avait pas d'affection ente eux.

— Violent comment ?

— Je ne sais pas.

— Dommage.

— Peut-être... Ce qui est aussi troublant, c'est que ses parents l'accompagnent dans sa folie criminelle ; Jérôme aurait pu garder ça pour lui mais non, il les tient au courant, et personne n'a empêché le truc.

— Mieux, ils l'ont aidé.

— Il y a quand même eu un moment poignant, quand Jérôme a pu voir ses parents lors d'une confrontation... Il a essayé de les mettre hors de cause malgré les évidences, mais sa mère a dit à un moment, autoritaire : « Maintenant tu te tais, Jérôme ! » On a pu voir comment ils fonctionnaient entre eux. La mère a reconnu sa complicité, expliquant qu'elle ne supportait plus de voir son fils malheureux. À l'issue de la confrontation, Jérôme a pris sa mère dans ses bras, et ils ont pleuré très fort. Pas le père, qui est resté distant. Il a même sermonné son fils, mélange de colère et de tristesse, et Jérôme pleurait dans son coin, comme un gamin.

— Ils savaient qu'ils n'allaient pas se revoir ?

— Oui. C'est pourquoi, dès le lendemain, Jérôme m'a dit : « Tant que mes parents sont enfermés, je commence une grève de la faim. » Il a tenu trois semaines. Je l'avais au téléphone tous les deux jours, et je crois que l'effet de la malnutrition, le stress et la fatigue physique ont déréglé son mental déjà fragilisé ; il n'avait plus de timbre dans la voix, au bout de deux semaines il ne pouvait plus marcher. J'ai demandé l'hospitalisation de Jérôme sauf que, épuisé, il a pris la décision du suicide. Je crois qu'il n'avait plus toute sa tête, que, dans un moment de désespoir, il s'est pendu. Il me l'avait dit : « J'ai trouvé un moyen d'en finir. »

— Personne n'a réagi ?

— Ils disent tous qu'ils vont se tuer, c'est le problème. Je l'ai signalé, bien sûr... Et puis, soupira Affaire Sensible, la vie veut que je parte alors en vacances, disant à Jérôme de s'occuper de lui, de se remettre en forme... Deux jours plus tard, je suis à la plage avec mes enfants, déconnecté de tout, et je finis par tomber sur mon téléphone, avec plein d'appels en absence : *Le Figaro*, BFM, tout le monde... J'appelle ma secrétaire, mais c'est un jour férié, je raccroche, et je reçois un SMS du *Parisien* qui m'annonce la pendaison de Jérôme, dans sa prison...

— Les vacances sont gâchées, commentai-je avec une ironie amère.

— C'est le moins qu'on puisse dire, confirma l'avocat. Me voilà, de l'étranger, à organiser les obsèques, étant le seul à avoir procuration sur ses comptes. Il a fallu que je gère la maison, les scellés de l'appartement de Magali, l'enterrement, le chien... Pour ça, je ne l'ai pas remercié. J'avais de la colère et du désespoir, soupira-t-il ; je me suis quand même beaucoup battu pour qu'il reste en vie, pour l'aider.

Affaire Sensible était encore accablé. Coupable de rien, mais quand tout s'écroule, on se retrouve en miettes. À le voir, le métier d'avocat n'est pas juste du business, avec des affaires juteuses à prendre avant ses confrères sur le marché de la justice. Je sentais par empathie son dévouement, sa peine.

— Et les parents ? dis-je pour faire diversion.

— On les a extraits de prison pour les obsèques de leur fils, avec les enfants qui étaient en famille d'accueil depuis des mois. L'enterrement était impersonnel, précisa-t-il, Jérôme avait demandé à avoir un cercueil en carton. Les deux grands étaient effondrés et les deux petits jouaient autour du cercueil... Je voyais que les adolescents avaient envie de me parler, mais les services sociaux ne l'ont pas autorisé. Une semaine après les obsèques, les parents sont sortis de prison, sous contrôle judiciaire... Ils se sont pendus à l'anniversaire de la mort de Magali, dans leur résidence secondaire...

Le jour où je faisais le mariole à Buenos Aires.

— Votre métier vous demande de donner beaucoup de vous-même, observai-je.

— C'est pour ça que j'essaie de mettre cette affaire à distance, répondit l'avocat. Celle-ci m'a particulièrement abîmé, car j'avais tissé une relation assez forte avec Jérôme Gaillard ; j'étais le seul à l'écouter, parfois au détriment de ma famille, des autres dossiers... C'était un homme ordinaire qui avait commis un acte barbare, alors que nous avions aussi des centres d'intérêt commun, comme le cinéma... Personne ne se doutait de ce qui allait arriver.

— Et il y avait un côté tellement amateur dans ce crime.

— Oui, mais Jérôme avait un alibi ce jour-là, qu'il a fallu travailler... Ce qui est dingue aussi, poursuivit Affaire Sensible, c'est que le jour du meurtre, en déposant ses enfants à l'école, sous la neige, Jérôme a eu un accident avec la voiture. Il l'a échangée alors avec celle des Géorgiens, il est parti à Montfort avec sa fameuse batte de base-ball... Il l'attend devant chez elle, il la frappe, deux fois, puis il la tire dans l'appartement, et ce qui n'est pas dit, c'est qu'après, il l'étrangle.

— Ah bon ?

— Il voulait l'assommer net avant de l'étrangler « pour ne pas qu'elle souffre ».

— Il faut cinq minutes pour étrangler quelqu'un. Je ne sais pas si c'est de la compassion.

— Moi non plus, en tout cas c'est sa version. Il tue sa femme, la laisse, rentre chez lui, active le téléphone de Magali avec un autre, prépayé, acheté la veille près de son travail à Rennes. C'est comme ça qu'il va se faire choper.

J'avais complètement oublié cette histoire.

— Le but de Jérôme était de faire croire que ce numéro était celui d'un prétendant éconduit par Magali, qui potentiellement pourrait lui en vouloir, poursuivit Affaire Sensible. Il est alors revenu à Montfort pour activer le téléphone de Magali, qu'il n'a pas réussi à ouvrir. Dans tous les cas, les enquêteurs ont récupéré le numéro du texto de ce téléphone prépayé, et ils sont remontés jusqu'au magasin de Rennes où Jérôme l'avait acheté. Sauf que ce con avait vu sur Internet comment ne pas se faire borner, il avait donc recouvert son téléphone d'aluminium, mais ça marche une fois sur deux, et ce jour-là, ça n'a pas marché. Le portable a été borné ; c'est sur cette première question des enquêteurs que Jérôme flanche.

— Pas le tueur calculateur qui a réponse à tout.

— Non. Et plutôt que d'entourer son téléphone d'aluminium pour ne pas se faire borner, ç'aurait été plus simple de le laisser chez lui ! s'esclaffa l'avocat. Ensuite, Jérôme repart chez ses parents, déjeune avec eux, l'après-midi il va chercher ses enfants à l'école, puis il repart chez Magali pour tout nettoyer au vinaigre blanc. Il la met dans un sac de couchage, il la descend jusqu'au coffre de la voiture des Géorgiens, il file à Boisgervilly où il a creusé une tombe. Là, il dépose Magali sur le ventre, entre deux couches de chaux, et le lendemain il demande aux Géorgiens de détruire la voiture avec les preuves éventuelles.

— Ç'aurait été intéressant de voir le procès des parents.

— Oui… Cette affaire est une succession de rebondissements, ça n'arrive jamais. On a quand même plus d'empathie pour les grands-parents, âgés, que pour Jérôme, dont la mort a été interprétée comme une fuite.

— Et surtout pour les enfants…

— Oui, au final tout le monde les a abandonnés. Même leur maison a été pillée plusieurs fois depuis l'affaire… Il faudrait changer de nom et de région, comme je l'ai fait avec l'affaire Caudal et les deux orphelins.

— La maison des Gaillard a été pillée ? relevai-je. On connaît les vautours ?

— Oh ! Ça arrive malheureusement souvent dans ce genre de drame…

Humain trop humain…

Les RoboCop du gouvernement avaient déserté l'avenue Janvier, abandonnant une odeur de cramé.

— En tout cas, reprit l'avocat, ce qui nous avait surpris avec les enquêteurs, c'est quand Jérôme m'a dit : « Je n'ai pas réussi à être connu à vingt ans, je le serai à quarante… » Ça démontre sa personnalité, son besoin de reconnaissance.

— C'est pour ça qu'il était excité lorsqu'il a servi d'appât.

— Oui, il était comme un gamin. Je lui disais : « Jérôme, c'est une affaire sérieuse ! » mais il trouvait ça impressionnant, les fusils d'assaut, le GIGN, même les préparations avec les mecs, il était comme un fou. Un film. Enfin, en général, Jérôme alternait les phases d'euphorie avec celles de dépression. Et puis, incarcéré, il passait son temps à regarder les infos télévisées sur l'affaire. Je lui disais : « Ne faites pas ça, ça va vous détruire », mais il y passait tout son temps… Son émission préférée était celle de Yann Barthès, et pile ce jour-là, il y avait une sociologue invitée qui, parlant de pervers narcissiques, se mit à évoquer l'affaire Blandin : elle décrivait Jérôme comme un pervers, un homme dangereux, et pour lui, ç'a été une vraie désillusion ; que Barthès puisse tenir ce discours, c'était à ses yeux inimaginable. Je lui disais que de toute façon, quoi qu'il dise, il passerait pour un monstre, ça ne servait à rien de se justifier, les gens ne veulent rien savoir : c'est à la justice de statuer, pas à l'opinion publique. Mais ça l'a enfoncé.

— C'est le but.

— Oui, fit l'avocat. C'est pour ça que j'ai décidé d'épouser la défense pénale, considérant qu'un jour, n'importe qui peut commettre l'irréparable, ce qui arrive en vérité, mais l'affaire Blandin, au-delà de l'ultramédiatisation, a fait que j'ai été très exposé. C'est un choix, mais quand on est exposé de la sorte, c'est difficile de savoir où est la frontière ; ce qui a été compliqué à gérer, c'est l'impact sur ma propre famille. Mes enfants à l'école étaient importunés, m'assimilant à l'homme que je défendais ou influencés par leurs parents. J'ai le souvenir, dans les médias, de ma photo collée à celle de Magali ; comme si ç'avait été moi, le coupable.

— C'est bien pourri, ça, comme procédé.

— Oui… Les gens ne se rendent pas compte… Et puis, vous avez des confrères malintentionnés qui vous disent que vous êtes trop exposé, ou pas suffisamment ; la voix de la défense, c'est un équilibre. Jérôme a voulu expliquer son désamour, les raisons de son crime, j'ai œuvré dans son sens, puisque c'est mon métier... Pour être bon, il faut à la fois s'investir et prendre de la distance, pour ne pas se faire bouffer. Mais pour être convaincant et défendre son client, il faut aussi plonger dans sa vie, s'en imprégner. On ouvre les vannes, mais on s'abîme. C'est aussi ce qui fait qu'on est plus humain avec son client, qu'on pourra véhiculer des émotions pour le défendre... Aujourd'hui dans les médias, on voit des avocats ou des experts venir parler d'affaires qu'ils ne connaissent pas, regrettait le pénaliste ; ils viennent poser des tableaux et des diagnostics sur des gens qu'ils ne connaissent pas, induisant qu'avant même de comparaître à la cour d'assises l'accusé est déjà jugé, et condamné... Il y a une forme de fatalisme qu'on doit tenir à distance, *idem* pour les magistrats. C'est pour ça qu'il faut trois ou quatre ans pour tout savoir d'une affaire. C'est comme le scénario de Jérôme, totalement fantasmé, puisqu'il a été écrit dix ans avant le meurtre de Magali ; tout allait bien entre eux à l'époque...

Moi aussi, j'étais tombé dans le panneau : aucun média n'avait précisé que son fameux scénario prémonitoire avait été écrit dix ans plus tôt, sans doute parce que l'info perdait de son intérêt.

Malin. Lamentable.

— J'ai tiré beaucoup d'enseignements de cette affaire, acheva-t-il, mais on n'apprend pas ça : encaisser les coups. L'État de droit n'est pas respecté par les réseaux sociaux, c'est la vindicte qui l'emporte, mais quand un client se suicide, c'est un constat d'échec. On se dit qu'on aurait pu faire différemment… Un échec personnel. J'ai beau me dire que j'ai fait les choses correctement, que la mort de Jérôme était inévitable…

L'avocat laissa sa phrase en suspens, mais l'émotion était palpable. Je comprenais mieux pourquoi il s'appelait Affaire Sensible.

Le repas achevé, je lui offris un de mes romans avant qu'il parte, *Condor* ; le héros était avocat, spécialisé dans les causes perdues.

Magali

« On essaie toujours d'humaniser la victime », m'avaient dit les fait diversiers. Qu'ai-je donc à ajouter ? Je ne connaissais pas Magali Blandin, mais j'aurais pu danser le rock avec elle, puisqu'elle aimait ça, on aurait pu se retrouver à un concert de Massive Attack, puisque je les écoute en écrivant ces lignes, pur hasard qui va à ses goûts musicaux, Magali du genre pétillante d'après ses proches, à prendre sa vie à pleines mains de crainte qu'on la dépossède, une quadra simple et moderne en somme, avec qui on partage une raclette ou un cocktail, mais qui ne dansera plus, qui ne rira plus.

Ça suffit à son malheur. Et si Magali est anonyme, c'est qu'elle est toutes les femmes.

Table des matières

PARUS DANS
LA BÊTE NOIRE

NOÉMIE ADENIS
Le Loup des ardents (Grand Prix des Enquêteurs 2021)
Le Jardin des anatomistes

DANIELLE ARCENEAUX
Glory B. enquête
Frayeur en Louisiane

KATERINA AUTET
La Chute de la maison Whyte (Grand Prix des Enquêteurs 2020. Prix littéraire de la Renaissance française 2020)
Les Deux Morts de Charity Quinn

CÉDRIC BANNEL
Baad (Prix du Meilleur Polar des lecteurs de Points 2017)
Kaboul Express
L'Espion français

PATRICK BAUDOT
Alias Cristal 18. Trente-quatre ans au 36, quai des Orfèvres
– Les Ondes

JACQUES-OLIVIER BOSCO
Brutale
Coupable

RHYS BOWEN
Son Espionne royale
Tome 1, *Son Espionne royale mène l'enquête*
Tome 2, *Son Espionne royale et le mystère bavarois*

Tome 3, *Son Espionne royale et la partie de chasse*
Tome 4, *Son Espionne royale et la fiancée de Transylvanie*
Tome 5, *Son Espionne royale et le collier de la reine*
Tome 6, *Son Espionne royale et les douze crimes de Noël*
Tome 7, *Son Espionne royale et l'héritier australien*
Tome 8, *Son Espionne royale et la reine des cœurs*
Tome 9, *Son Espionne royale et les conspirations du palais*
Tome 10, *Son Espionne royale et le baron irlandais*
Tome 11, *Son Espionne royale au service de Sa Majesté*
Tome 12, *Son Espionne royale. Quatre enterrements et peut-être un mariage*
Tome 13, *Son Espionne royale. Amour et mort parmi les léopards*

FRANCK CALDERON, HERVÉ DE MORAS
Là où rien ne meurt

JULIA CHAPMAN
Les Détectives du Yorkshire
Tome 1, *Rendez-vous avec le crime*
Tome 2, *Rendez-vous avec le mal*
Tome 3, *Rendez-vous avec le mystère*
Tome 4, *Rendez-vous avec le poison*
Tome 5, *Rendez-vous avec le danger*
Tome 6, *Rendez-vous avec la ruse*
Tome 7, *Rendez-vous avec la menace*
Tome 8, *Rendez-vous avec le diable*
Tome 9, *Rendez-vous avec la justice*

JEAN-CHARLES CHAPUZET
Bandit

KAREN CLEVELAND
Toute la vérité

Daniel Cole
Ragdoll
Tome 1, *Ragdoll* (Prix Griffe noire du polar de l'année 2017)
Tome 2, *L'Appât* (Prix Bête noire des libraires 2018)
Tome 3, *Les Loups*
Pietà
Jackdaw

Collectif, sous la direction de Lisette Lombé,
Elvira Masson, Fabrice Rose et Delphine de Vigan
Histoires de femmes – Les Ondes

Sandrone Dazieri
Tu tueras le père
Tu tueras l'ange
Tu tueras le roi
La Danse du gorille
Le Mal que font les hommes

Lara Dearman
La Griffe du diable
L'Île au ciel noir

Alain Decker
Derrière le brouillard (Grand Prix des Enquêteurs 2023)

Ingrid Desjours
Les Fauves
La Prunelle de ses yeux

Claire Favan
Serre-moi fort (Prix Griffe noire du meilleur polar
français 2016)
Dompteur d'anges
Inexorable

Rebecca Fleet
L'Échange
La Seconde Épouse

Dominique Forma
Coups de vieux

Olivier Gallien
Dans la neige ardente (Prix Bête noire des libraires 2022)
Sève

Amy Gentry
Les Filles des autres
De si bonnes amies

Maria Grund
La Fille-renard

Laurent Guillaume
Les Dames de guerre
Saïgon (Prix Bête noire des libraires 2024)

Patrice Guirao
Le Bûcher de Moorea
Les Disparus de Pukatapu
Rivage obscur

L. S. Hilton
Maestra
Domina
Ultima

Ingar Johnsrud
Les Adeptes
Les Survivants

Elizabeth Key
Sept mensonges

QUNTOS KUNQUEST
Cette vie-là – Les Ondes

MATHIEU LECERF
La Trilogie du démon
La Part du démon (Prix Bête noire des libraires 2021 ; Prix Nouvelles Voix du polar 2022, roman français)
Au Royaume des cris
La Mort dans l'âme (Prix Découverte Iris Noir Bruxelles 2023)

SARA LÖVESTAM
Chacun sa vérité (Grand Prix de littérature policière 2017, domaine étranger. Prix Nouvelles Voix du polar 2018, roman étranger)
Ça ne coûte rien de demander
Libre comme l'air
Là où se trouve le cœur

FABIO MITCHELLI
Une forêt obscure
Le Tueur au miroir
Le Loup dans la bergerie (Prix Méditerranée Polar 2021)

NADINE MONFILS
Les folles enquêtes de Magritte et Georgette
Nom d'une pipe !
À Knokke-le-Zoute !
Les Fantômes de Bruges
Liège en eaux troubles
Leffe-toi et marche
Charleroi du crime
À Montmartre

NICOLE NEUBAUER
Sous son toit

VINCENT ORTIS
Pour seul refuge (Grand Prix des Enquêteurs 2019)
Patiente

GIN PHILLIPS
Le Zoo (Prix Transfuge du meilleur polar étranger 2017)

ANTOINE RENAND
L'Empathie (Prix des lecteurs Gouttes de Sang d'Encre 2019. Prix Nouvelles Voix du polar 2020, roman français)
L'Empathie, t. 2
Fermer les yeux
S'adapter ou mourir

FABRICE ROSE
Tel père, telle fille (Prix Bête noire des libraires 2020)
Le Plan
Pourchassés

RYDAHL & KAZINSKI
La Mort d'une sirène

ROMAIN SLOCOMBE
La Trilogie des collabos
L'Affaire Léon Sadorski (Prix Libr'à Nous 2017, catégorie polar)
L'Étoile jaune de l'inspecteur Sadorski
Sadorski et l'Ange du péché
La Trilogie de la guerre civile
La Gestapo Sadorski
L'inspecteur Sadorski libère Paris
J'étais le collabo Sadorski
La Trilogie des damnés
Sadorski chez le docteur Satan

THIBAUT SOLANO
Les Noyés du Clain
Les Dévorés

DOMINIQUE SYLVAIN
Panique en Armorique
Périlleuses Pyrénées

CLÉMENTINE THIEBAULT
En votre intime conviction – Les Ondes
Voyeur ! Enquête sur un phénomène de société – Les Ondes

DATO TOURACHVILI
Génération denim – Les Ondes

DANIELLE TRUSSONI
Le Maître des énigmes

ILARIA TUTI
Sur le toit de l'enfer (Prix Bête noire des libraires 2019. Prix Nouvelles Voix du polar 2020, roman étranger)
La Nymphe endormie
À la lumière de la nuit
Fille de cendre

HARRIET TYCE
Blood Orange
Tu mens comme tu respires

DAMIEN ET SIBYLLE VÉRON
Tiphaine où es-tu ? – Les Ondes

ADRIENNE WEICK
La Septième Diabolique (Grand Prix des Enquêteurs 2022)

ANNETTE WIENERS
Cœur de lapin

Composition et mise en pages
Nord Compo à Villeneuve-d'Ascq

#lisez engagé !
www.lisez.com

Pour plus d'information :

Imprimé sur du papier issu de forêts gérées durablement.

CET OUVRAGE
A ÉTÉ ACHEVÉ D'IMPRIMER
SUR ROTO-PAGE
PAR L'IMPRIMERIE FLOCH
À MAYENNE EN JUIN 2024

N° d'édition : 67508/01 – N° d'impression : 105019
Imprimé en France